로드 판타지

눈을 맞춘 풍경은 따스하다

로드 판타지

시린 글·사진

대숲바람

서문

평범한 날에, 평범하지 않은 날에, 마음의 날씨가 좋은 날에, 그렇지 않은 날에 길바닥에 앉아 낮꿈을 꾸곤 합니다. 눈이 내렸으면, 고양이 버스가 도착했으면, 시계를 든 토끼가 지나갔으면, 삐삐 롱스타킹과 나메크 성인과 말하는 고래를 만났으면 좋겠다, 구요. 버스 정류장에 홀로 있는 우산을 보며, 타고 날아갈 우산을 잃어버려 곤란해진 누군가를 떠올립니다. 네, 철딱서니가 없지요. 하지만 괜찮습니다. 철딱서니 없는 꿈도 꿈이니까요. 힘든 하루를 지탱하는 건 꿈 덕분이고, 누군가 잃어버린 꿈이 일상의 판타지를 만들기도 하니까요. 우리에게 꿈꿀 능력이 있음에 저는 늘 감사합니다.

작년에 《괜찮지만 괜찮습니다》를 펴낸 후, 이런 말을 참 많이 들었습니다. '나도 책을 내고 싶었는데…' 책을 내고 싶어 하는 사람은 많고, 글을 쓰고 싶어 하는 사람도 참 많습니다. 저는 말합니다. "하시면 됩니다."

첫 책을 내면서 걱정이 태산 같았지만, 바랐던 게 하나 있습니다. 제 책을 본 사람들이 “이런 책은 나도 낼 수 있겠는데?”라고 생각하기를, 그래서 바로 시작하기를요.

글을 쓰는 누구나 ‘이런 걸로 책이 될까?’ 의심합니다. 저는 다시 말합니다. “됩니다.”

글을 쓴다는 건 등대불을 켜는 것과 같습니다. 등대는 자기의 위치를 알리는 불빛을 보내지요. 배는 그 불빛을 보고 자기의 위치를 알고, 길을 찾습니다. 우리는 그렇게 서로의 위치를 확인하고, 서로의 이야기를 나누어야 살아갈 수 있습니다.

서로에게서 멀어지는 게 생존의 수단인 되어 버린 시대입니다. 다행히 우리는 멀리서도 소통할 수 있는 도구들을 많이 만들어 두었습니다. 우리에게는 언어가 있고, 문학과 예술이 있습니다. 시가, 예술이 세상을 구원할까요? 언젠가는 알게 되겠지요. 그날이 올 때까지 저는 계속해서 불을 켜겠습니다. 그리고 당신의 불빛을 만날 날을 기다리겠습니다.

2020. 11. 23. 공천포에서 시린

차례

길이 내게 올 때

❖

왜, 그런 장면 있지 않나. 보는 순간 눈꺼풀 안쪽에 착 붙은 듯, 일부러 머리를 흔들어 떨어보려 해도 지워지지 않는. 몸 어딘가에 있는 스위치가 의식 못 하는 새 눌리면 언제고 재생되어, 비슷하지도 않은 눈앞의 풍경에 겹쳐지는 장면 말이다.

그해 그 도로를 나는 말러의 교향곡으로 기억한다. 공저로 서귀포시 중산간 마을 사진집을 준비하고 있던 나는 촬영을 위해 며칠에 한 번씩 산을 넘었다. 당시 내 거처는 제주시에 있었다. 문득, 이 도로에서 늘 같은 음악이 재생된다는 걸 알아챈 나는 잠시 의아했고 한동안 두렁청했으며(어리둥절했으며) 영문 없는 화풀이로 카스테레오를 째려보다가 거기서 흘러나오고 있는 음악과 머릿속을 흘러가는 음악이 전혀 다르다는 걸 간신히 깨달은 후에야 미간의 주름을 풀었다.

짐작건대 말러의 교향곡을 들을 때 내 무의식이 그리는 장면과 그 도로가 어느 차원에선가 겹쳐지는 모양이었다. 교향곡을 들을 때 음악에 맞춰지는 내 호흡과 심장 박동이, 산 도로를 굽이굽이 흘러갈 때와 완전하게 일치하는지도 몰랐다. 몹시 드물지만 그런 일이 있으며 그런 순간을 만난다는 건 삶의 축복이기도 하다.

오랜만에 글감이라는 단어를 써보기로 하자. 당신은 작품의 아이디어를 어디에서 얻습니까? 어떤 작업을 하는 작가든, 식상함에 맥이 빠질 지경으로 많이 받는 질문이다. 단어라도 평소와는 조금 다른 걸로 바꿔 보도록 하자. 당신은 글감을 주로 어디에서 얻습니까?

그러나 식상한 질문에는 식상한 답이 나올 뿐이다. 어디서나 얻지요. 질문한 당신은 김이 샌다. 작가란 사람이 저런 뻔한 말밖에 못 하나? 창작의 기술이라서 꽁꽁 감춰야 하는 모양이지, 하고 비아냥댈지도 모른다. 나로서는 조금 억울하다. 홍시 맛이 나서 홍시 맛이 난다고 했는데 왜 홍시냐고 반문하니 부에(부아)가 나는 거다. 그렇다고 질문이 뻔한데 뻔하지 않은 답을 어떵(어떻게) 합니까, 하고 곧대로 골랐다가(곧이 말했다가) 공연히 미움을 살 필요는 없으니 내게 언제 시가 오는지 얘기를 해 보도록 하자.

시가 올 때.

처음에 은사님께 이 질문을 받았을 때는 딱 하고 떠오르는 게 없었다. 가뜩이나 나는 자기에 대한 질문에 대답이 늦다. 어물어물한 대꾸로 그 순간은 지나왔으나 그날 이후로 위장 깊숙이 삼켜둔 질문을 무시로 게워 올려 되씹곤 했다. 그리고 말러의 도로에 이르러 답 하나를 찾았던 거다. 시가 올 때를.

운전 중일 때. 도로 위에 있을 때. 길바닥을 흐르고 있을 때 시는 내게 온다.

워낙에 나는 운전 중에 이런저런 생각의 불티에 맞는 일이 많은데 비슷한 말을 하는 작가들은 나 말고도 많다. 시야에 빠르게 들어왔다 날아가는 풍경에서, 흘러나오는 라디오 소리에서, 방지턱을 타고 넘는 충격과 송풍구 바람 냄새와 빗물을 훑는 와이퍼의 박자에서 탁, 탁, 튀어나온 불티가 따끔, 따끔, 몸에 달라붙는다. 어떤 단어, 생각의 편린이라면 얼른 폰을 찾아들어 녹음기에 메모를 한다. 그런데 떠오르는 게 메모해 두기 힘든 종류라면 좀 난감하다. 예를 들면 어떤 멜로디, 어떤 시간에서 불려왔는지 모를 냄새, 윤곽이 뚜렷하지 않은 이미

지 같은.

날아 지나가는 풍경에, 라디오 소리에, 방지턱 충격과 송풍 냄새와 와이퍼 박자에 어떤 음악이, 어떤 장면이 겹쳐질 때가 있다. 비슷한 풍경, 이라는 식으로 간격이 가까워 충분히 짐작될 때도 있지만, 어떤 스위치를 어떤 뭐가 눌렀는지 도대체 알 수 없을 때도 있다.

그러니까 여기, 이 길.

사실 이 사진은 실패한 사진이다. 이 길은 이렇게 생기지 않았다. 그러니까 내가 보았던 '그' 장면을, 이 길에 겹쳐졌던 내 머릿속 그림, 재생되던 음악, 호흡과 심장 박동을 십 분의 일, 백 분의 일도 담지 못했다. 나는 어떻게든 비슷하게 담아 보려 이곳에서 하루를 다 보냈으며, 그 후로도 숱한 날을 찾아가 수천 장의 사진을 찍었다. 하지만 허사였다. 찍을수록 길은 점점 멀어졌다. 사진은 점점 매끈하게 다듬어졌지만, 달력용 사진은 아무 의미도 없었다. 그나마 조금이라도 닮은 게 황급히 차를 세워 허겁지겁 찍은 최초의 사진이었다. 나는 결국 이 사진으로 돌아왔다.

나는 어찌 이리 평생을 늦기만 할까. 발도 늦고 손도 늦고 말도 늦고 눈도 늦다. 느린 셔터 탓에 얼마나 많은 장면을 놓쳤는지. 내가 매그넘 사진가라면 실패한 사진 따위 미련 없이 버리고 다른 데서 마스터피스를 시도해 볼 텐데.

하지만 이미 늦었다. 이 하늘, 이 버스, 이 길은 눈꺼풀 안쪽 깊숙이 새겨졌다. 어떻게 해도 이 장면을 지워 버릴 수 없다. 실패라 해도 내게 너무나 중요한 의미인 이 사진을 볼 때마다, 무언가가 스위치를 누를 때마다, 나는 이 순간으로 돌아간다.

이름만 알았지 처음 와 본 동네. 찍을 만한 장면은 하나도 찾지 못했고 날은 너무 덥다. 구멍가게 하나 보이질 않으니 옆 동네에 가서 찾아볼까, 오늘은 이만 접을까, 점점 심드렁해진다. 차 머리는 이미 집 쪽으로 향하고 있다. 이래서 마감에 맞출 수 있을까, 에라 그건 내일 생각하자, 엑셀을 힘주어 밟으려는데 갑자기 나타난 버스가 나를 추월한다. 순간. 눈앞에서 재생되는, 어느 영화에서 보았을 법한 장면 하나. BGM까지 제대로 갖추고 있다. 분명하게 들린다.

머리를 휘젓는 걱정거리와 시답잖은 상념과 번쩍이는 듯했으나 태반이 별 볼 일 없는 아이디어와 정신 사나운 잡념들로 풀썩거리던 뇌수에 침이 꽂힌다. 왜 핸들을 쥔 손에 힘이 들어가는지 모르겠다. 이 장면과 선율을 붙드느라 눈을 깜빡일 여력도 없는데 밑도 끝도 없이 무언가 만들어 낼 수 있을 것 같은 기분이 든다.

이렇게 시는 나에게 온다. 언젠가 보았던 영화 속 장면으로, 갑작스레 재생되는 음악으로. 눈꺼풀에 각인되어 무시로 재생되는 풍경으로.

사진이, 영화가, 음악이, 시가, 그러니까 예술이, 정신인지 영혼인지 그 모든 위에 있는 어떤 존재인지 나는 모르겠다. 나는 평범한 사람이라서 위대한 정신이나 영혼을 본대도 알아볼 것 같지도 않다. 내가 알아볼 수 있는 예술이란 사람이 하는 것이다. 사람은 사진을 붙잡고 시를 만나고 음악으로 산다. 그게 내가 아는 예술의 이유고 의미다. 그걸로 충분히 차고 넘친다.

토마스 베른하르트는 말한다. "비현실적인 것은 현실적인 것보다 우위에 있습니다. 그때 예술이 질을 획득하게 되는 겁니다."

현실에 있는 나는 모른다. 비현실의 예술이 어떻게 작용하여 내 뇌수에 침을 꽂았는지. 다만 그 장면과, 그 순간의 전율만은 제대로 각인되었으니 감사할 뿐이다.

시의 얼굴이 가물가물할 때, 나는 길에 나선다. 걸으며, 운전하며, 길바닥을 흐르며 시를 찾는다. 그리 오래 걸리지는 않는다. 지금, 음악이 들리고 있으니.

길은 내게 온다. 시가 되어 온다.

시가 온다.

2017. 6. 어음리

길바닥 글바다

❖

나는 굳이 길바닥이라는 말을 쓴다. 찻길이건 골목길이건 밭길 올레길이건 길바닥은 길바닥이다. 또 당연한 소리를 하고 있지만, 이는 철저히 내 입장에서 하는 말이다. 나, 식상한 말로 집도 절도 없는 떠돌이. 죽어지는 세(연세)가 조금이라도 싼 집을 찾아 해마다 짐을 싸고 푼다. 길에 있는 날이 많고 길이 집이나 다름없다. 아니, 길만이 집이다. 사실 실체로 보나 은유로 보나 길은 우리의 집이고, 세상이고, 삶일진대 다만 나에겐 좀 더 그러하다는 현실을 사무치게 자각하고 있을 뿐이다.

그리하여 나는 길 위에 있다. 길바닥에서 밥을 먹고 길바닥에서 잠을 잔다. 길에서 밥을 먹다니 그런 일이 얼마나 있겠느냐고 말할지 모르지만 의외로 많다. 길거리 음식이라는 말까지 있지 않나. 도시 사람들은 길거리에서 밥 먹듯이 밥을 먹는다. 그렇다면 시골은? 궁금하다면 낮 열두 시 즈음하여 밭길을 달려보시라. 마농 심그다(마늘 심다) 놈삐(무) 뽑다 밭 주인이 마련해 온 참을 길에 앉아 먹는 삼춘(삼촌)들을 볼 수 있다. 휴대용 버너에 물을 끓여 후식 믹스커피를 마시고, 호스를 끌어와 설거지까지 길바닥에서 다 한다.

그럼 밥은 그렇다 치고 잠은? 말이야 바른말로, 진짜로 길바닥에서 한뎃잠을 자는 일이 어찌 흔할까. 은유가 아니라 '진짜로' 길에서 잠을 자는 일을, 살면서 한 번이라도 겪는 사람이 몇이나 될까. 잘은 모르겠으되 많다고는 할 수 없을 것 같다. 야간열차나 비행기를 타고 밤을 지나가는 일 말고, 지붕 없고 바람막이 없는 데서 자는 진짜 한뎃잠 말이다. 그런데 너는 그렇게 자 봤다고? 새벽까지 술 마시다 차는 끊기고 택시비도 없어서 놀이터 벤치에 누워 버렸던 그런 잠 말고, 몸 누일 백육십팔 센티미터 자리가 없어 길바닥에서 잠든 적이 있다고?

토함산에서, 보길도에서, 경북 예천군 풍양면 삼강리에서 보낸 밤은 다음에 이야기하기로 하자. 나는 그냥 내가 왜 길바닥이라는 말을 쓰는지 얘기하려던 것뿐이다.

그래서, 그러니까. 왜 바닥이냐 하면.

일단, 바닥이란 면의 형태를 띠는 곳이다. 평평하게 넓이를 이루고 있어 무언가를 올리거나 담을 수 있고 어딘가에 포개거나 짚을 수 있다. 우리는 손바닥에 물을 받고 손바닥으로 박수 치고 가끔 손바닥을 메모지로 이용하고, 발바닥으로 길바닥 위에 선다. 길바닥에는 포석이 깔리고 틈에서 잡초가 자라고 돌멩이가 굴러가고 빗물이 고이고 어린 우리는 빗물에 지워진 일이삼사(사방치기) 판을 다시 그린다. 길바닥은 우리의 깨끼발 한 발바닥을 받치고, 떨어지는 망(돌)을 받아 세운다.

바닥은 무언가의 가장 아랫부분을 말하기도 한다. '높다'는 말이 긍정적 의미의 표현으로, '낮다'가 부정적인 표현으로 주로 쓰이다 보니 가장 낮은 곳에 위치하는 바닥은 최악의 장소나 상태를 의미할 때가 많다.

세상에서 가장 험하고 더럽고 비참한, '낮은 곳으로 임'해 주십사 구세주께 간절히 비는 일밖에 할 수 있는 게 없는 곳이다. 하지만, 잠깐. 생각해 보자, 낮은 것은 늘 최저이고 높은 것만이 최고인가?

우리는 바닥이 있어 무언가를 올리거나 담을 수 있고 어딘가에 포개거나 짚을 수 있다. 독에 물을 담으려면 바닥이 있어야 한다. 어디선가 두꺼비가 나타나 바닥을 대신해 주지는 않는다. 바닥 없는 늪에는 생명이 살 수 없으며 잠시 머물지언정 시체도 흔적도 남지 않는다. 바닥이 없는 공간은 아무것도 품을 수 없다. 희망도 바닥이 있어야 쌓인다. 절망에는 치고 올라올 바닥이 없다.

우리는 서거나 의자에 앉아 있을 때는 긴장하고 바닥에 앉고 누울 때 비로소 안심한다. 안정은 바닥에서 나온다. 존재의 시작은 바닥에서이며, 세상 모든 존재는 결국 바닥으로 돌아간다. 경상도 할머니들이 바다를 바닥이라 부르는 건 마땅한 일이었다. 물은 낮은 곳으로 흘러 바닥에 당도한다.

물길, 바람길, 숨길. 모든 길은 흐른다. 다만 낮은 곳으로만 흐르지는 않는데, 길이 바닥을 이미 품고 있기 때문이다. 길바닥은 흐르는 길인 동시에 흘러온 길이 모이는 바닥이다.

나는 길바닥을 흐른다. 세상 모든 길바닥을 따라 사람이 흐르고, 풍경이 흐르고, 이야기가 흐른다. 길의 수만큼, 사람의

수만큼, 사물과 풍경의 수만큼 무수한 이야기가 흐른다. 나는 길바닥을 흐르며 사람과 사물과 풍경과 눈이 마주치고, 그 많은 이야기들을 만난다.

그리하여 드디어 여기까지 왔다. 길바닥에서 만난 풍경, 이 이야기를 만난 날.

나는 서툴렀고, 말이 느렸으며 셔터와 글은 더욱 느렸다. 이 담과 이 지붕, 이 나무를 만났을 때 나는 어쩔 줄을 몰랐다. 한 나절을 몽땅 바쳐 간신히 얻은 게 겨우 사진 두어 장이었다. 그러고도 또 이 사진을 어찌해야 할 줄 몰라 쩔쩔맸다.

내가 본 건 무엇이었을까. 이 담과 지붕, 이 나무는 무엇이었을까. 풍경은 분명 나에게 말을 걸고 있었으나 나는 서툴렀고, 귀가 느렸으며 대화가 가능할 만큼 낯을 익히는 데는 더욱 느렸다.

3년이 걸렸다. 3년 동안 이 풍경은 사진 속에, 기억 속에, 미처 못한 대화의 잔상 속에 분말처럼 가라앉아 있었다. 액체 같은 시간이 평상시의 흐름을 잠시 멈추고 맴돌이칠 때, 풍경의 분말이 떠올라 눈앞을 부옇게 만들곤 했다. 처음 몇 번은 그 속에서 꽃잎 한 장이라도 건질 수 있을까 싶어 시도해 보기도 했으나 이내 그만두었다. 그보다는 그냥 눈을 대고 오래 귀를 기울이는 쪽을 택했다. 꼭 3년이 되던 봄. 다시 찾은 풍경 앞에서 나는 시간이 흘렀으되 지금 여기로 다시 돌아왔음을, 이 나무는 3년 전의 나무가 아니지만 풍경 속의 바로 그 나무임을 알아보았다. 나무가 이야기했다. 나도 이야기를 하기 시작했다.

글은 어디에서 쓰는가. 책상머리에서? 베스트셀러 작가의 회상 속 무명 시절처럼 식탁에서? 화이트 노이즈를 이용하는 사람들이 많다 하니, 동네 카페에서? 글은 엉덩이로 쓰는 거라는 말이 있다. 중요한 건 꾸준함. 장소가 어디가 되었건 날마다 몇 시간이고 진득히 앉아 있어야 글을 쓸 수 있다는 말이다. 또한, 엉덩이를 붙일 수 있는 바닥만 있다면 어떤 공간이어도 좋다는 말이다.

풍경과 이야기가 흐르는 공간. 흐르되 바닥이 있어 언제든

멈출 수 있고 돌아갈 수도 있는 공간. 엉덩이를 붙이고 몇 시간이고 진득히 풍경의 이야기를 들을 수 있는 공간.

나는 길바닥에서 글을 쓴다.

2019. 4. 가시리

이삭 줍기

❖

특히 인물 사진을 보고 사람들이 가장 많이 하는 질문 중 하나. “진짜에요 연출이에요?” 자세히 들여다보면 답이 나오는 법. 이 사진이 연출이라고 치자. 누가, 이런 사진을, 왜 찍을까?

말투에서 짐작할 수 있겠지만, 당연히 이 사진은 일백 퍼센트 리얼이다. 대체 이런 장면을 연출해 찍어서 누구에게 어떤 보탬이 된단 말인가? 괜한 오해나 사지 않으면 다행이다.

나는 마을 사진을 찍으러 왔고, 찍고 있었다. 사진에서 뒤에 보이는 저 산을 배경으로 사진 앞쪽에 있는 저 정류장을 찍으려고 자리를 잡고 차가 지나가기를 기다리고 있을 때 저 두 사람이 뷰파인더 안으로 걸어들어왔다. 그러니 구태여 덧붙여 두자면, 나는 저들을 몰래 찍은 게 아니고 그럴 의도도 없었다. 사진을 찍고 있는데 저들이 프레임 안으로 들어왔을 뿐이다. 물론 문제를 삼는다면 문제일 테고 이런 말쯤 구차한 변명에 불과하지만 나 또한 필사적으로 변명하건대 큰길 한복판에서, 도저히 못 볼래야 못 볼 수 없을 만큼 눈에 띄는 자세

로 촬영 중이었던 거다. 그런 나를 보지 못했을 가능성은 아무리 계산해 봐도 얼마 되지 않는다.

그렇게 이 사진이 만들어졌다. 이때 나는 셔터를 누르긴 했으나 차다, 사람이다, 시야를 가리며 지나가는 것들이 많아 구도만 잡고 기다리던 중에 테스트 삼아 큰 기대 없이 찍었던 거다. 나중에 사진을 발견하고 조금 놀랐다. 이 또한 촬영 의도가 없었다는 뜻이다. 찍은 기억조차 잊었더랬다.

어찌 말하자면 그 자리에서 지웠어야 할 사진이리라. 그런데 차마 지울 수 없었다. 나는 이 사진이 너무 좋았고 폰에 저장해 두고 틈만 나면 꺼내 보곤 했다.

담 위로 쭉 뻗은 삼춘의 다리가 시선을 강탈하지만, 이 장소에 실제 있었던 나에겐 다른 것이 먼저 보인다. 밭의 이삭이다.

삼춘은 이삭을 주우러 왔다. 이삭이란 말의 뜻을 나는 제주 와서야 알았다. 서울촌년은 이삭이 벼나 보리 같은 곡식의 성한 열매인 줄만 알았지, 수확 후에 남겨지거나 땅에 떨어진 낟알을 말하기도 한다는 걸 몰랐다.

그리하여 먼 세월을 돌아가, 그렇게도 이해가 되지 않았던 그림의 비밀을 알게 된 거다. 어린 날, 저 유명한 밀레의 이삭 줍는 사람들이 서울촌년에겐 도대체 이해가 되지 않았다. 곡식을 걷고 있다는 여인들이 왜 저렇게나 엎드린 자세인지, 들판은 텅 비었는데 대체 뭘 하고 있는지 알 길 없었다. 밀레의 그림은 예술이니 미술이니 하는 개념조차 없던 계집아이의 덜 여문 머릿속에 억지로 비집고 들어와 앉은 최초의 작품이었던 것 같다. 그전에도 부지불식 간에 수많은 예술 작품과 스쳐가기야 했겠으나 의식을 분명하게 노크한 작품은 없었다. 고궁들이 동물원, 미술관으로 이용되던 날들 중 어느 하루, 태어나 처음 간 전시회에서 만난 피카소의 강렬한 인상은 지금도 바랜 곳 없이 선명하다. 그때가 네다섯 살쯤이었는데, 밀레를 본 건 그보다도 더 전이었다. 이리 말하면 대체 몇 살이었다는 거냐, 그렇게 어릴 때의 기억이 정확할 리 없다고 딴지를 걸고 싶을 걸 알지만 너그러이 넘어가 주기를 부탁한다. 그러지 않으면 이야기를 도무지 진척시킬 수 없으니.

다시 밀레로 돌아가자. 도대체 이 그림이 좋지 않았다. 만종이니 이삭 줍는 사람들이니. 물애기(갓난아기)를 겨우 벗어나

노랑 빨강 밝은 원색의 시기인 유아기에 갓 들어선 눈에 거무죽죽한 갈색투성이의 그림이 좋아 보일 리가. 그런 아이도 세상 어딘가에는 있을지 모르지만 나는 아니었다.

그런데 알 수 없는 건 무섭게만 느껴졌던 이 그림들이, 자꾸 신경이 쓰이더라는 거다. 처음 그림을 본 건 잡지에서였다. 집에 어디서 생겼는지 모를 잡지가 하나 있었는데, 거기 이 그림들이 있었다. 아이들이 보는 잡지는 당연히 아니었고 그때 나는 글자도 몰랐다. 장난감이랄 게 없는 집이었으니 놀거리를 찾아 뭔지도 모르고 펄럭거리다 우연히 그림과 눈이 마주치게 되었으리라. 처음엔 시커멓게 웅크린 사람들의 형체가 무서워서 얼른 페이지를 덮었다. 그러다 아이다운 호기심이었을까, 슬그머니 다시 페이지를 찾아 그림을 봤다. 잘은 몰라도 끔찍한 무언가는 아닌 듯하여 안도했다. 무서운 마음이 사라지진 않았지만.

그 후로는 기억이 불분명하긴 한데, 몇 년쯤인가 후에 이러저러한 경로로 밀레의 그림들을 다시 보았고, 또 몇 년쯤인가 후에 밀레라는 이름과 그림의 제목을 알게 되었다. 아무튼,

이런 건 중요치 않고. 내가 말하고 싶은 건, 그림을 처음 보았을 때 뭔지 알 수는 없으나 '뭔가'가 뇌수를 찔렀다는 거다. 그리고 그 진동이 계속해서 남아 내 삶에 보이지 않는 영향을 미쳐 오고 있으며, 셔터를 누르는 손의 움직임에도 미세하나 확실한 힘을 보태, 이 사진을, 이 느낌을 만들어 냈다는 거다.

억지가 너무 심하다고? 타당한 지적이다. 도대체 밀레의 이삭 줍는 사람들과 멀쩡한 입구를 두고 담을 넘는 아즈망(아주머니) 사이에 무슨 관계가 있다는 건가. 그런데 나에겐 관계가 있다. 도달하기까지 수십 년의 시간과 수십 단계 연상의 비약을 거쳤을지언정, 반응 속도는 파블로프의 개만큼이나 즉각적이다. 나는 이 사진을 볼 때마다 이때 이 장소로 돌아간다. 뜨거운 햇볕에 땀을 흘리며 카메라를 세팅하고, 지나가는 차를 피하며 셔터를 누를 때를 기다린다. 뷰파인더 안으로 삼춘이 들어온다. 삼춘은 오늘도 다리를 높이 들어 수백 번 넘었던 담을 넘고, 나는 촬영을 잊은 채 밀레의 들판에 서 있다.

2017. 7. 유수암

돌은 돌이다

❖

문지방 밟지 마라. 상 모서리에 앉지 마라. 숟가락 밥에 꽂지 마라. 이불 머리끝까지 덮지 마라. 누운 머리 위로 지나다니지 마라. 하지 말란 게 참 그리도 많았다. 아파 죽겠다. 배불러 죽겠다. 웃겨 죽겠다. 죽는다는 말을 밥 먹듯이 하면서 죽음을 연상시키는 어떤 행동도 하지 말라는 지청구가 이해는 안 되었지만 어린아이가 뭘 어쩌겠나. 하라는 대로 할밖에.

경주에서 어린 시절을 보낸 선배들이, 옛날에는 능 위에서 뛰어놀았었다고 이야기하곤 한다. 천지에 널린 둔덕들이 무덤이라는 걸 잘 몰랐던 시절이었기 때문이지만, 능들이 발굴된 후에도 무덤을 밟고 뛰었다는 사실을 께름칙하게 생각하는 사람은 없고 오히려 이젠 그리 못 하는 걸 서운해하며 그 시절을 회상한다고 한다.

제주에는 비석거리가 많다. 말 그대로 비석들이 있는 거리다. 오며 가며 잘 볼 수 있게 거리에 비석을 세운 것인데, 마을에 도움을 준 사람들을 기리는 공덕비가 많다. 대개 마을 중심

지에 세우다 보니 교차로 근처에 있기도 하고 학교나 관공서 한쪽을 차지하기도 한다.

사진은 애월읍 봉성리에 있는 어도초등학교다. 바로 앞이 사거리에, 경로당 농협 등이 있어 오가는 사람들도 많지만 자리 자체가 워낙 모여 앉기 좋은 자리다. 그야말로 마을 정자낭(정자나무) 자리다.

도시에는 비석거리가 흔하지는 않다. 사정을 잘 모르는 육지 사람들은 큰길가 초등학교에 비석이 줄줄이 서 있는 광경에 처음 놀라고, 마을 사람들이 아무렇잖게 앞으로 뒤로 지나다니고 등받이 삼아 걸터앉기까지 하는 광경에 두 번 놀란다. 무덤과는 상관없는 비석임을 알면 안도하기도 하지만, 그래도 옆에 앉고 싶지는 않다며 손사래를 치곤 한다.

헌데 가만히 생각해 보니 또 그렇다. 무덤의 비석은 조심히 다루고 공덕비는 그러지 않아도 괜찮다는 말인가. 누군가를 좀 더 오래 기억하고자 하는 마음은 같을 텐데 말이다. 비석을 세울 때는 장소가 무덤이건 길가건, 후대의 사람들이 그 비석을 볼 때마다 누군가를, 그의 삶과 그가 한 일을 떠올리기를 바랐을 것이다.

육지 사람들이 신기하게 보는 제주의 독특한 풍경은 많다. 그중 산담은 아마 첫 손에 꼽힐 거다. 무덤을 산이라 하니 산을 둘러싼 돌담은 산담이 된다. 이 산담이 어디에나 있다. 산에만 있는 게 아니라 밭 가운데도 있고 길가에도 있고 집 뒤꼍에도 있다. 제주의 산담에 눈이 익지 않은 사람들은 돌담 하나가 이쪽에선 집의 뒷벽이 되고 저쪽에선 산담이 되는 풍경이 놀랍다. 나는 한때 산담에 홀딱 반해 무덤만 열심히 쫓아다니며 찍었던 적도 있으나 그 얘기는 다음 기회로 미뤄 두자. 같은 돌이지만 지금은 비석에 집중하자.

결국 하고자 한 말은 이거다. 비석거리의 공덕비건 무덤의 비석이건 간에 우리 일상에 아주 가까이 있더라는 거다. 아직 그런 풍경을 본 적이 없다면 아무 데고 차를 내려 제주의 마을길을 걸어보시라. 몇 걸음 안 걸어 길가며 집 앞에 서 있는 비석을 볼 수 있을 테니.

한편으론 이런 생각이 들지 모른다. 아무리 그래도 비석이나 무덤은 죽음을 연상시키게 마련인데 주변에 이렇게 널린 모습이 아무렇지 않을까? 어두울 땐 지나다니기 무섭지 않을까, 하는. 앞에서 경주 얘기를 했지만, 어린 시절 갔던 경주의 밤은 아닌 게 아니라 좀 무서웠다. 지금은 조명 시설을 다 갖추어 그야말로 도시 전체가 박물관이 되었지만 그건 최근의 일이다. 내 기억 속의 경주는 커다란 공동묘지 같았다. 높은 건물도, 반짝이는 빛 간판도 별로 없던 때였다. 시커먼 능선에 사방으로 둘러싸인 봉분의 그림자는 더욱 시커메서 밤하늘이 오히려 환해 보였다. 달빛이 길을 밝혀 준다는 게 은유가 아님을 그때 알았다. 우리는(친구들과 여행 중이었다.) 말 그대로 달빛에 기대 더듬더듬 숙소를 찾아왔다. 대체 경주 사람들은 어떻게 살까. 그 사람들도 무서워서 밤에는 집안에만 있는 거겠지. 그러니까 한밤중도 아닌데 거리에 사람이 하나도 없는 거겠지. 돌아와서 그런 얘기들을 했었다.

이제 와 생각하니 헛다리였던 거다. 경주 사람들에게 집 근처에 있는 능은 역사고, 문화고, 그 전에 생활이었을 테니 말이다. 커다란 무덤이라는 생각에 죽음을 연상하고, 겁을 먹기에는 너무나 오랜 세월을 함께 살아온 거다. 죽음이란 게 삶에서 분리할 수 있는 게 아닌데 죽음에 대한 생각만 딱지 떼듯 똑 떼어서 따로 모아둘 수 있는 게 아니지 않나. 죽음도 죽은 이들도 지나간 시간과 기억들도 우리 옆에 늘 있는 것이다.

그것의 이름이 역사건 문화건, 지금 어떤 형태를 하고 있건, 중요한 건 기억 그 자체다. 돌에 새겨서라도 잊지 않아야 할 기억이라면 어떻게든 가까이 두고 계속 상기해야 하는 거다. 인간의 기억은 불완전하니까. 불완전한 기억을 돕기 위해 단단한 돌의 힘을 빌리는 거니까. 중요한 건 기억이지 비석 자체가 중한 게 아니다. 비석은 비석이고 돌은 돌이다.

2017. 6. 봉성리

숨은 농담 찾기

❖

어릴 때부터 코미디를 보며 곧잘 울곤 했다. 사람들이 모두 신나게 웃어 댈 때 티를 내지 않으려고 아픈 목을 부여잡고 꺽꺽 소리를 삼키곤 했다.

나도 대체 왜 우는지 영문을 몰라, 왜 이리 쓸데없이 눈물이 많은 거냐고 괜한 자기 탓만 했었다. 그때는 코미디가 뭔지 잘 몰랐던 거다. 나를 울리는 게 보이지 않는 슬픔이란 걸 몰랐다. 그렇게도 슬픔에 민감한 아이였고, 지금도 별로 다르지 않다.

영화나 TV 속에만 코미디가 있다면 혼자 흘리는 눈물이 부끄럽다 해도 얼마든지 감출 수 있다. 하지만 문제가 그리 간단치 않다. 코미디는 현실 세계에도 낭자하게 깔려 있기 때문이다. 삶이 코미디라는 말은 클리셰가 된 지 오래다. 우리는 일상에서 날마다 코미디를 만나고, 나도 모르는 새 휩쓸려 들어가 코미디를 연기하고, 스스로 만들어 내기도 한다.

그래서 난감하다는 거다. 매일 맞닥뜨리는 코미디에서도

나는 툭하면 울음이 터지니 말이다.

내가 찍은 어떤 사진은 볼 때마다 눈물이 나는데, 그건 사진의 완성도니 하는 부분과는 전혀 관계가 없다. 나는 사진에 담긴 그 장면에 눈물이 났던 거고 다시 보아도 눈물겨운 거다. 사정이 있겠거니 하고 이해해 준다면 고마울 뿐이다. 물론 사정은 있다. 어떤 사진이건 만들어지기까지의 이야기가 있으니까. 그런데 그 사정이란 게 코미디라면 애매해진다. 열 명이 보면 열이 웃는 사진이 왜 눈물이 난다는 건지 납득시키기 어렵다.

예를 들어 이 사진 같은.

사진을 본 대부분의 사람들은 편안하고 따스해 보인다고 느낌을 말한다. 버스를 기다리는 할망들의 모습이 정겨워 보인다고. 목마 위에 걸터앉은 할망이 잘도 아꼽다(너무 귀엽다)고들 한다. 그런데 나는 왜 눈이, 코가 시큰한 걸까.

첫째는 사진 속 인물이 할망들이기 때문일 거다. 노인들을 보면 나는 슬프다. 이에 대해서 생각도 많다. 너무 많아서 나중에 따로 이야기하겠다. 나이듦에 대한 생각들을.

14-1

손에 버스비를 꼭 쥐고, 할망들이 버스를 기다리고 있다. 기다림의 형상이 또한 나는 눈물겹다. 기다리는 사람, 동물, 사물이 눈을 떼지 못하게 한다.

얼마나 많은 사람들이 어떤 사람을 기다리고, 어떤 일을 기다리고, 어떤 마음을 기다리고, 어떤 시간을 기다리는지. 얼마나 많은 동물과 사물이 또한 기다림의 형상을 하고 있는지.

기다림에 익숙한 사람은 많지 않다. 기다림은 설렘과 기쁨이기도 하지만, 희망이 어떤 것이던가. 희망은 사람을 살게 하지만 너무 길어지면 피와 살을 말리는 게 희망이다.

동물에게도 기다림은 시련이다. 우리는 너무 쉽게 강생이(강아지)들에게 "기다려!" 하고 명령한다. 훈련이라는 명목으로, 때론 그냥 약을 한 번 올려 보려고. 기다림 앞에서 안절부절못하는 모습이 귀엽다고, 재밌다고 웃는다. 우리는 그렇게 나보다 약한 존재, 말 못 하는 존재에게 잔인하다. 그들은 악의라는 걸 몰라서 그저 기다린다. 나는 그런 그들이 눈물겹다.

그리고 사물들. 안다. 멈춰 있는 사물들이 기다림의 형상을 하고 있는 건, 내 마음속 풍경의 반영인걸. 모든 걸 내 위주로 생각하는 우리 인간의 오만한 습관이자 방어기제일 뿐이라는 걸. 사물은 제가 있어야 할 곳에 있을 뿐인데 자꾸만 저 나무가, 저 비석들이, 저 목마가, 발밑을 구르는 깡통이 오지 않는 무언가를 기다리고 있는 것만 같아 마음이 쓰이고 눈이 머무는 거다.

이건 다 이들이 길바닥에 있어서라고, 아니 내가 길바닥에 있기 때문이라고. 그래 안다. 타고나길 그래서, 나는 늘 길바닥을 벗어나질 못했다. 머물 데를 못 찾고 늘 헤매고 자주 헤맸으며 여전히 헤맨다. 그런 내 눈에 비친 풍경은 자주, 쓸쓸한 형상을 하고 있다. 나는 길바닥에 앉은 모든 것들이 눈물겹다.

그러니까 나의 이 청승은 순전히 정류장에 의자 하나 만들어 놓지 않은 탓이다.

버스를 기다리는 일이 아니어도 할망 하르방들에겐 군데군데 앉을 데가 있어야 하는 법인데 어떻 플라스틱 의자 하나 갖다 두지 않았을까. 올레 코스 안내에는 저리 공을 들였으면

서. 하여튼 코미디도 이런 코미디가 없다.

코미디 혹은 농담. 원래 코미디라는 말은 비극과 반대 개념이다. 우리말로는 희극이 되는 건데, 내가 지금 말하고 있는 코미디는 희극이기도 하고 농담이기도 하다. 코미디와 농담이 같다는 건 아니지만 여러 영역에서 이어지고 겹친다. 이타미 주조의 영화를 보자. 왜 이타미 주조인가 하면, 그가 코미디를 주 화법으로 영화를 만든 감독이고, 그의 영화 몇 장면을 내가 자주 떠올리기 때문이다. 주로 길바닥에서.

《장례식》은 이타미 주조의 데뷔작이다. 이 영화는 씬 하나하나가 다 농담이다. 감독이 장례식이라는 자칫 무거운 소재를 가져오면서 코미디를 선택한 이유는 씁쓸한 웃음이라는, 상반된 요소를 포함하고 있는 게 바로 농담이기 때문일 거다. 아이러니 그 자체인 삶을 이야기하는 데 농담만 한 게 없다.

샌드위치를 나눠 먹기 위해 빗길에서 위험천만한 곡예 운전을 한다.

삶이 그렇다. 한끼 밥을 위해 위험을 무릅쓰는, 우스꽝스럽기 짝이 없지만 서글픈 코미디다. 진지할수록 우습고 우스울수록 위험하고 그래서 서글프다.

그래도 어쩌겠는가. 어차피 삶이란 실없는 웃음과 쓴 눈물을 분리해 낼 수 없는 잡탕인걸. 둘 중 하나만 취할 수는 없다. 그래도 함께 나눠 먹고 웃을 수 있는 동료가 있으니 그렇게 웃기라도 해야지. 그러지 않고서야 문제투성이인 삶을 살아나갈 힘이 나지 않으니까.

인생은 문제의 연속일뿐더러 (하물며!) 죽음과 동시에 끝나지도 않는다.

장례식을 치르는 동안에도 결정하고 선택해야 할 일들이 산더미다. 장례식을 어디에서 치를지부터 시작해서 입관을 언제 할지, 관은 어느 방향으로 둬야 할지, 관의 가격, 염주의 모양, 보시 액수, 도시락 개수, 연설할 사람과 인사말까지 모든 걸 선택하고 결정해야 한다. 하나를 끝내면 열 개의 문제가 남아 있다. 끝나지 않는 게임 같다. 다음 스테이지로 가려면 문제를 풀어야 하고, 선택을 해야 하고, 숨은 지뢰를 밟아야 하고, 숱하게 처음으로 되돌아가야 하고, 끊임없이 에너지를 채워야 한다. 살아남은 우리들은 먹고 떠들고 웃어야 한다.

그래도 살아갈 힘만 있다면 언제든지 웃을 수 있다. 어디에서도 농담거리를 찾아내지 못한다면 그때야말로 절망이다. 장애물을 격파하며 다음 스테이지로 넘어가기도 버거운데 농담마저 생각해야 한다니, 사는 게 도대체 만만하지 않다.

참, 농담도 잘하네. 믿고 싶지 않은 현실 앞에서 우리는 말한다. 그러나 농담이 진실의 반대말은 아니다. 농담만이 진실인 경우도 삶엔 허다하다.

여기, 한 컵의 물이 있다. 브랜디가 한 방울 섞여 있다. (이타미 주조의 《중환자》)

삶은 그렇게, 물컵에 떨어뜨린 단 한 방울의 브랜디 같다는 거다. 너무 적어서 눈에 띄지도 않는다. 색도 맛도 없다. 그런데도 우리는 스트레이트 더블샷을 삼키듯 감탄하며 마신다. 그게 진실이든 희망이든, 보이지도 않고 흔적도 남기지 않을 한 방울이라도 취하려면 컵을 비워야 한다. 어쩌면 그 한 방울

조차 없는 건 아닌가, 약이라 생각했던 게 독은 아닐까 의심도 하면서. 그럼에도 일말의 진실과 희망을 바라며 무미한 물을 계속 마실 것인가. 포기할 것인가. 올 오어 나씽. 선택의 여지는 별로 없다. 물 한 컵 마시는 데도 진지함이 필요하다. 정말이지 만만한 게 하나도 없다.

물컵 앞에서 고민에 빠진 당신의 모습이 나는 눈물겹다. 진지하게 농담을 하고, 코미디를 진지하게 연기하는 우리, 시나리오도 없는 불안한 삶을 그저 열심히 살아내는 무명의 배우들인 우리 모두의 모습이 애틋하다.

그것이 내가 눈물을 흘리면서도 코미디를 포기하지 못하는 이유다. 농담이 때론 진실보다 쓰고 독이 될지라도, 때론 원치 않는 바보 역을 맡아 사람들의 웃음에 마음을 찔릴지라도. 누구나 영화감독이 될 수는 없고 코미디는 도처에 깔려 있으니 말이다. 나도 모르게 코미디에 빠졌다면 있는 힘껏 춤추고 싶다. 그러고 나서 모두와 함께 한바탕 떠들며 웃고 울고 싶다.

그래서 나는 늘 숨어 있는 농담을 찾는다. 함께 웃고 함께 울기 위하여. 아직은 절망할 때가 아니다. 찾지 못한 농담은 얼마든지 있으니까.

2017. 7. 저지리

보통사람이 보통사람에게
완벽한 생활에 대한 소고

❖

예대 시절, 〈완벽한 생활〉이라 이름 붙인 비디오 작품을 만들었다. 3분 정도의 짧은 동영상. 모양과 색이 조금씩 다른 칫솔이 일곱 개 놓여 있다. 그중 하나로 양치질을 한다. 일주일 동안 매일 다른 칫솔로 양치질을 하는 게 내용의 전부였다. 당시 나는 이상적인 삶은 어떠할지, 그 모습을 그리는 데 몰두해 있었다. 이 작업은 여전히 진행중이라서, 때로 완벽한 생활의 다음 장면을 그려본다. 길을 가다가, 창밖을 보다가, 마트에서 장을 보다가, 대개는 사진을 찍다가.

난간에 나란히 누운 베개들. 동그란 색색의 머리와 배꼽. 상상에 유난한 내가 아니더라도 머리를 대고 누운 사람들, 나란히 누운 식구들의 모습을 쉬이 떠올릴 것이다. 왜, 우리 어릴 때는 다, 한방에서 엄마 아빠 형제들 모두 한 이불 덮고 자지 않았나. 물론 각자의 베개는 따로 있었지만. 제일 크고 가운데가 푹 꺼진 아빠 베개에선 머리 냄새도 제일 많이 났지. 막내 베개에는 동물 얼굴이 달려 있었고. 저 색동 베개는 외할머니

가 베던 거랑 정말 똑같네. 베개 수가 식구 수와 꼭 같으리란 법도 없는데 나는 어느새 한 이불 아래 식구 수대로 빠져나와 꼼지락거리는 발가락을 상상하고 있다가, 아니지, 혼자서 매일 다른 베개를 바꿔 벨 수도 있는 거잖아. 일곱 개의 칫솔을 쓰는 생활이라면 일곱 개의 베개도 가능할 테니 말이다. 어느 집이나 저마다의 사정이 있고 생활이 있는 법이니까.

나는 나의 사정대로 몹시 몰두해 있었다. 여러 날을 십수 번씩 칫솔 일곱 개를 늘어놓았다. 칫솔 하나에 생활을 담고 칫솔 하나에 생각을 담으며 늘어놓았다. 늘어놓고 바라보았다. 생활이 뭘까, 완벽한 게 뭘까, 그래서 완벽한 생활은 뭘까 생각했다. 그래서인지, 칫솔을 늘어놓으며 그런 생각을 했기 때문인지, 뭔가를 늘어놓은 모습을 보면 그런 생각이 들기 때문에 칫솔을 늘어놓게 된 건지, 감각이 먼전지 사고가 먼전지 모르겠지만. 나란히 놓인 세간붙이를 보면 영락없이 '생활'이라는 단어를 떠올리고 마는 거다. 오늘의 생활, 보통의 생활, 완벽한 생활을 생각하게 되고 만다.

생도 활도 산다는 뜻이니 생활은 살고 또 사는 것, 살아가는 것이다. 생활은 살림과 같은 말이고, 살림을 꾸려 나가는 게 생활이다. 그러니 살림살이에서 생활이란 말을 연상하는 건 뭐 당연한 일인 거다. 게다가 베개 옆에는 밥솥, 반찬통까지 함께 몸을 말리고 있음에야. 뒤로는 빨래까지 널렸으니 입고 먹고 자는 의식주가 한 프레임 안에 다 담겨 있다. 알다시피 의식주가 살아가는 데 가장 필요한, 기본이지 않나. 어찌 된 일인지 이를 모두 갖추고 사는 게 너무나 어려운 세상이긴 하지만 말이다. 최소한의 살림이 있는 생활. 함께 사는 이가 있다면, 같이 밥 먹고 같이 잠잘 수 있는 생활. 그래, 보통의 생활. 나는 그걸 완벽한 생활이라 부른다. 보통사람들의 보통 생활.

그리하여 베개에 쏟아지는 햇발을 바라보며 남의 집 앞 길바닥에 쭈그려 앉아 생각에 잠겨 있다. 보통의 생활에 대하여, 나를 둘러싼 세상과 내가 꿈꾸는 세상 사이의 괴리에 대하여. 나는 안다. 보통사람이 보통으로 살아가는 게 얼마나 어려운 일인지. 보통도 완벽만큼이나, 한없이 불가능에 가깝다는 걸.

불가능한 줄 알면서도 어떻게든 간극을 줄여 보려 애쓴다. 더 이상 꿈을 꾸지 못한다면 살아갈 수 없는 인간이기에 어쩔 수 없다. 우리는 꿈을 꾸어야 하고 누군가를 향해 기도도 해보고 구원을 바라기도 하는 거다.

오에 겐자부로는 '조용한 생활'을 말한다. 그가 그리는 완벽한 생활은 '조용한 생활'이었던 모양이다. 하긴. 둘 중 하나만을 골라야 한다면 시끄러운 날들보다는 조용한 쪽이 완벽에 가까울 것 같긴 하다. '조용한 생활'을 꿈꾸는 사람들. 모두 꿈을 꾼다. 아버지는 소설을 쓰고, 딸은 그림책을 그리고, 오빠는 작곡을 한다. 꿈속에서 희곡을 쓰고, 연극을 하고, 꾸지 않은 꿈을 이야기하고, 끊임없이 이야기를 지어낸다. 막힌 곳을 뚫어보려는 몸부림이다. 현실을 잊기 위해 비현실 세계로 옮겨간다. 예술이 삶을 구원하는가? 나도 한때는 그렇게 믿었다. 그러나 이제는 다른 것이 더 필요하다.

보통사람이 보통사람을 돕는 노력. 때론 벽에 몸을 부딪는 무모함. 하지만 그런 용기는 중요하다. 예술이 세상을 구원하리라는 믿음이 사기가 아니라 해도, 아무것도 하지 않고 구원의 손길을 기다리고만 있을 수는 없다. 할 수 있는 일은 해야 한다. 누군가를 구원할 능력은 없을지라도 도울 수는 있다. 보통사람은 보통사람을 도와야 한다.

세상은 온통 흙탕물이다. 어딘가에는 구원의 사다리가 있지만, 아직 보이지 않는다. 몸을 더럽히지 않으려면 누군가의 희생이 필요하다. 어떤 이는 타인의 등을 밟고 지나가고 누군가는 자신의 등을 내준다. 바닥에 가라앉아 보이지 않는 폭력이, 타인의 희생을 강요하는 또 다른 폭력을 부른다. 밟을수록 물은 더 탁해진다. 알면서도 어쩔 수 없는 악순환이다.

세상은 자꾸만 자격을 요구한다. 누군가를 돕는데도 자격이 필요하다고 한다. 제발 그러지 말자. 물론 나는 둑 위에 서 있지 않으므로 물속의 사람을 끌어올려 줄 수는 없다. 그런 자격은 없지만 옆에 있는 사람들의 더러워진 손을 잡아줄 수는 있다. 내 손 역시 지저분하지만, 그러니까 할 수 있는 일이다. 그럼 현실은 똑같지 않냐고? 물론이다. 현실은 여전히 흙탕물이다. 어차피 발을 담가야 한다면 다른 이의 희생을 강요하지 말고 함께 첨벙첨벙 걷자는 거다.

2019. 9. 신흥리

모르는 사람이 삶을 구원한다

❖

모두 여행을 한다.

삶이 곧 여행이라는 진부한 이야기를 하려는 게 아니다. 짐을 싸서 먼 곳으로 몸을 이동시키는, 주민등록상 기록되어 있는 거주지가 아닌 곳에서 일정 기간의 삶을 소비하는 가장 일반적인 의미로서의 여행을 말하는 거다.

하루가 되었건 몇 달을 보내건, 또 그곳이 주민등록상 주소지이건 지구 반대편이건 사람의 삶에 필요한 기본적인 요소는 달라지지 않는다.

의식주 말이다. 걸칠 옷이 있어야 하고 음식과 잠자리 혹은 이들을 구할 수 있는 돈이 있어야 한다. 하지만 삶과 의식주(혹은 돈)의 관계가 상호 간 필요충분조건을 충족하는 건 아니어서 둘을 양방향 화살표나 등호로 연결할 수는 없다. 그럴 수 있다면야 세상사 많은 번민이 사라지고 지구의 평화도 망상만은 아닌 날이 도래할 테지만 사람이라는 존재는 그리 간단치도 만만치도 않다. 유감천만.

그러니까, 의식주 혹은 돈을 모두 갖추고 죽는 날까지의 대비까지 마쳤다 한들 그 삶에 꼭 만족하리라는 법은 없다는 거다. 모든 식에는 변수가 작용하게 마련 아닌가. 인간의 변덕이란 그중 아주 미세한 일부에 지나지 않는다.

그리하여 우리는 왜 여행을 하는가. 어찌하여 편안한 집을 두고 일정분의 집세에 숙박비라는 덤까지 얹어 낭비하며 엉뚱한 장소의 낯선 침대에 앉아 수백 가지 사소한 불편을 감내하고 있는가.

이 질문에서 모든 이야기는 시작되었다. 아직 찾아내지 못한 비밀이 있을 것 같아, 문득문득 먼 길을 걸어와 낯선 방에 앉아 담배, 락스, 섬유탈취제, 지나간 사람들이 남긴 온갖 흔적의 냄새들과, 함께 부유하는 생각을 마시고 또 마시고 있는 거다.

나는 생각한다. 나는 공간을 이동한다. 나는 공간을 찾아 이동하며 생각을 찾아 생각한다.

누군가는 이것을 여행이라 부른다. 나는 아직 이름할 것을 찾지 못했다. 때때로 알 수 없는 열에 들떠 몸이 근질거린다.

열은 점점 심해져 얌전히 덮고 자던 이불을 박차고 일어나 야닌 밤중에 짐을 꾸리게 한다. 돌아오면 여행을 다녀왔노라고 말하지만 떠날 땐 야반도주와 다를 게 없다. 나는 몇 번이고 몇 번이고 그렇게 뛰쳐나갔다.

그날. 인생의 위기라 할 정도는 아니었으나 칙칙한 날들을 지나가고 있었다. 일도 없고 통장 잔고도 없었다. 제주 이주민들이 3년차에 걸린다는 풍토병인지 향수병인지 하는 고비는 아닐 터였다. 제주는 괜찮고 바다도 괜찮았다. 내가 안 괜찮았을 뿐. 어딘가 훌쩍 떠나고는 싶었지만 비행기를 탈 마음은 별로 들지 않았다. '아무것도 하기 실퍼(귀찮아)' 병이 깊어 가고 있었다.

오백 원짜리 동전을 모으던 깡통을 털어 보니 며칠 숙식비는 될 정도였다. 가방에 칫솔과 양말만 챙겨 넣고 나왔다. 이주해 오기 전, 훌쩍 제주로 날아오던 때처럼 흘러 다녀볼 생각이었다.

하루를 보내는 게 숙제 같은 때가 있다. 가만히 있기만 해도 지나가는 하루인데 뭔가 해야 할 것만 같고 아무것도 하지 않는 나는 뭔가 인간이 아닌 것 같은, 누구를 향하는지 모를 죄책감 때문에 사람이 부담스러운 때가. 이럴 때는 누군가를 만나는 게 반갑지 않다.

게다가 실프다(귀찮다). '내 멋대로 사는 것이 인생'이라지만, 타인의 시선에서 자유로울 수 없는 게 인간이다. 인생 혼자 사는 거라고 큰소리쳐 본들 완전히 혼자 사는 사람은 없고, 남을 전혀 의식하지 않고 사는 사람도 없다. 타인은 나라는 개체를 구성하는 일부이기도 한데, 이를 인정하지 않으려 해봐야 에너지 낭비다.

타인과의 적절한 거리를 유지하기 위해 애쓰는 게 건강하게 사는 데는 훨씬 도움이 된다. 그런데 이 거리 유지라는 게 또 체력 소모가 크다. 타인의 시선에 신경 쓰면서 거리 유지에도 심혈을 기울여야 하고, 그러면서 내 건강까지 돌봐야 한다. 정말 피곤한 일이다.

옷장에 그런 옷 한두 벌쯤 있지 않은가? 무척 좋아하긴 하지만 남들 눈 때문에 자주 입지 못하는 옷.

나는 (예전부터) 소매 없는 티셔츠와 찢어진 청치마를 좋아했다. 그런데 학생 때는 즐겨 입던 이 옷들을 일을 시작하면서부터는 거의 입지 못했다. 단정치 못하다며 지적을 받곤 했기 때문이다. 한번은 검은 청바지를 입고 친척 돌잔치에 갔다가 어르신들에게 볼썽사납다며 꾸지람을 듣기도 했다. 연예인이나 입을 만큼 눈에 띄는 옷들도 아니었는데 소매 없는 티는 그렇다 치고 청치마 청바지도 못 입게 하는 데는 부에가 났지만, 할 수 없었다. 그러다 고이 모셔만 놨던 옷들을 여행지에서 오랜만에 입었을 때 느꼈던 해방감이란. 나는 탱크톱과 핫팬츠를 입고 맨다리로 바닷가 길을 걸었다. 화장하지 않은 맨얼굴로 식당에 가고, 민박집 방을 빌렸다. 혼자 맥주를 마시며 저녁을 먹었다. 나를 아는 사람이 없다는 생각만으로 행동 하나하나가 그렇게 편할 수가 없었다. 이런 해방감과 자유에 대한 목마름이 인간 관계에 지칠 때마다 나를 뛰쳐나가게 하는 거다.

일주도로 말고 마을과 마을을 잇는 작은 길로만 달렸다. 내

키는 대로 산으로 가다가 바다로 가다가 했다. 가게가 보이면 캔커피를 사서 마시며 호꼼(조금) 쉬었다. 웬만한 마을은 다녀봤지만 산 쪽에 있는 마을이나 가구 수가 적은 곳은 못 가본 데가 많았다. 마을 어귀 입석에서 낯선 이름을 발견할 때까지 달리다가 반나절 만에 차를 세우고 마을 길을 꼬닥꼬닥 걸었다. 카메라를 들고는 있었지만 꼭 뭘 찍으려는 건 아니었다. 수상한 사람이 기웃거리면 마을 사람들이 불편해할까봐 관광객으로 보이려는 속셈이 반이었다.

어쩐지 굉장히 배가 고팠다. 오는 동안 가게가 눈에 띌 때마다 캔커피를 사서 빵, 과자와 함께 먹었지만 먹어도 먹어도 허기가 졌다. 가방 안에 한두 끼는 때울 만한 주전부리들이 들어 있었지만 이제는 따뜻한 밥이 먹고 싶었다. 아무 데고 식당이 보이면 들어갈 생각이었는데 아무래도 이 마을에는 가게 하나 식당 하나 없는 모양이었다.

돌담 그늘에 잠시 앉아 쉬기로 했다. 한여름 한낮이었다. 땀 때문에 따가운 눈을 맘 놓고 비비지도 못하고 슴벅거리며 앉아 있자니 '여긴 어디 나는 누구' 씨가 찾아왔다. 대체 뭘 하고

있는 거람.

"뭐햄신고(뭐하고 있니)?" 마음속 말을 누가 들었나 하고 추물락했다(화들짝 놀랐다). 삼춘 한 분이 옆에서 주섬주섬 자리를 편다. "마실하다 더우난(더워서) 호쏠(좀) 쉬고 있언요." "놀러 완? 어디서 완?" "제주시 살아마씸."

"시에서 이디 촌구석에 무시거 볼 거 이서 와난(시에서 여기 촌구석에 뭐 볼 거 있다고 왔어)?" 삼춘은 벗은 슬리퍼로 자리 끝을 누르고 앉아 다라이의 난알을 쏟더니 쓰레받기에 담아 까불기 시작했다. 짬짬이 나에게 말을 걸었다. 나도 조근조근 이야기를 했다.

우리는 모르는 사람 앞에서 훨씬 솔직해지기도 하는데, 나는 아무래도 이런 가식 없는 대화에 주렸었던 모양이다. 사람을 만나고 말을 주고받는 게 그렇게도 피곤하고 실펐는데, 전혀 아무렇지도 않았다. 오랜만에 만나도 어제 본 듯 편하게 이야기할 수 있는 친구와 있는 것처럼.

"혼자 완?" "예게(예)." "누가 봉가 가민 어떵허잰, 무사 혼자 완(누가 주워 가면 어떻게 하려고, 왜 혼자 왔어)?" 말문이 턱 막혔다. 저 어리지 않아요, 누가 업어갈 만큼 약하지 않고 돈도 없어요, 저 봉가 가봤자 뭐하겠어요? 그렇게 말하려고 했다. 그런데 말이 안 나왔다. 딸을 걱정하듯, 손녀를 걱정하듯 혼자 낯선 데 다니지 말라고 걱정해 주는 삼춘의 말이 마음을 후볐다.

인간답게 살고 있지 않다는 자책의 늪에서 나를 닦달했는데, 진창에 뻗어 잡아 주는 손이 있었다. 나는 말 한 마디에 구원받았다.

모르는 사람을 걱정한다는 건, 걱정의 말을 건넨다는 건 말처럼 쉬운 일이 아니다. 계산하지 않고 주는 도움이고, 돌려받지 못할 온정이기 때문이다. 사람이, 다른 무엇도 아닌 그저 한 사람으로서, 또 다른 한 사람에게 건네는 손길이기 때문이다. 우리의 삶을 지탱하고 살아가게 하는 건 그런 도움, 그런 마음들이다.

사주풀이에 그런 말이 있더라. 어느 방향으로 가면 귀인을 만날 것이다, 운운. 이 삼춘이 나의 귀인이었다. 도망쳐 나온 여행길에서 귀인을 만났다.

나는 여행을 한다.

길에서 사람들을 만난다.

때로 막힌 길 앞에서 절망하고 진창 밑에 가라앉기도 하지만 모르는 사람들의 걱정과 도움이 나를 구원한다.

2016. 8. 무릉리

구멍가게 평상

❖

나는 구멍가게라는 말이 좋다. 한때 슈퍼라는 말을 가장 흔하게 썼고, 지금은 편의점에 밀려 존재 자체가 소멸할 위기에 있는 이곳을 '구멍가게'라고 발음만 해봐도 얼마나 정감 있고 친근한가. 주로 지방에서나 어르신들이 많이 쓰는 점빵이란 말도 좋지만 아무래도 구멍가게 쪽이 좀 더 마음이 쓰인다.

점과 구멍이라는 두 말은 똑같이 가게의 크기가 작다는 걸 강조하고 있다. 굳이 따지자면 점이 구멍보다 작은 느낌이긴 한 것이, 점이라는 말에서는 안과 경계의 구분 없이 꽉 찬, 작고 검은 원이 연상이 된다. 구멍이란 말에서 드는 연상은 좀 더 여러 가지다. 비어 있는, 빠져 있는 어떤 부분이 그려지기도 하지만, 어떤 땐 반대로 안에 무언가가 웅크리고 있을 듯한, 어떤 공간이 상상이 된다. 안에 있는 '무언가'는 매번 달라서, 딱따구리나 다람쥐 같은 작은 동물일 때도 있고 소라 껍질, 단추 같은 물건이거나 바람, 소리처럼 형태가 없는 무엇이기도 하다. 어떤 구멍은 바람이나 소리가 지나는 길이 된다.

이렇듯 그릴 때마다 달라지는, 다양하고 다채로운 그림을 그리게 되는 구멍이란 말 쪽에 끌리는 건 당연하다고나 할까. 상상이라면 매일 코끼리로 지구 표면을 채우고도 남을 만큼 타고난 인간이 나니까 말이다. 그렇다고 또다시 코끼리 얘기로 밤을 샐 수는 없으니 서둘러 정리하자면, 내가 그리는 수많은 구멍 그림에는 공통점이 있으니, 모두 작은 공간이라는 거다.

가게라는 말도 그렇다. 사전적으로 가게는 '작은 규모로 물건 파는 집'이다. 우리는 마트라고 말할 때 매대 빌딩 사이로 사람도 탈 만큼 커다란 카트가 넉넉히 지나다니는 통로를 연상한다. 가게라는 말에서는 주인장 한 명이 진열과 판매와 계산과 청소, 기타 모든 일을 하는 1인 기업과, 그게 가능한 작은 공간을 떠올리곤 한다. 내가 그렇다는 말이다. 작은 공간에 대한 애정 결핍이라도 있는지, 아무튼 이런 이유로 나는 구멍가게라는 말도 좋고, 이 말에 딱 어울리는 그런 구멍가게도 좋다.

어린 날의 구멍가게란 간판이고 이름이고 없었다. 동네에 가게가 하나뿐이니 이름이 필요하지도 않았다. 대개 살림집

을 겸하곤 했으니, 가겟집에 아이가 있으면 아이 이름을 붙여 '은주네' '봉준이네' 정도로 부르긴 했다. '은주네 가서 번개탄 좀 사 와라.', '봉준이 엄마한테 (돈은) 나중에 준다고, 간장 한 병만 달라 해라.' 어른들은 그런 식이었다.

가게에서 국수 사 온다고 나간 엄마가, 올려놓은 냄비물이 다 졸아 없어지도록 오지 않아 찾으러 가면, 평상에 자리 잡은 아줌마들 수다 속에 앉아 있곤 했다. 구멍가게와 평상은 그런 곳이었다. 동네 사람들의 사랑방. 시도 때도 없이 사람들이 모이는 곳이니 주인장은 소식통일 수밖에 없었다. 이층집 남자 아이의 다리가 어쩌다 부러졌는지, 절집 할머니는 요즘 왜 안 보이는지 가겟집 아줌마한테 물어보면 다 알았다. 가겟집 아줌마 아저씨가 통장 반장 부녀회장일 때도 많았다.

해가 지면 하루가 멀다고 동네 아저씨들이 술판을 벌였지만, 낮의 평상은 우리들 차지였다. 학교 가고 오는 길에 남자 아이들은 제가 가진 장난감을 내보이며 자랑하거나 딱지치기를 하기도 했다. 불량식품 사 먹는 건 말할 것도 없고. 여름방학 때 공기놀이 자리로도 그만이었다. 눈 뜨면 아침 먹고 구멍가게 평상으로 달려갔다. 저마다 가져온 공기를 전부 모아 많은공기(모둠공기)를 했다. 밥때 되는 줄도 모르고 공기에 열을 올리다가도 저만치서 할머니 할아버지가 걸어오면 앉으시라고 얼른 한쪽으로 치웠다. 기특한 마음이었다기 보다는 눈치 보느라 그랬다는 게 맞다. 공기에 정신이 팔려 미처 할머니 할아버지를 보지 못하면, 어르신들 앉지도 못하게 자리를 차지하고 있느냐고 은주 엄마한테 혼쭐이 나곤 했으니까. 그러면 한 이틀은 까끌까끌한 시멘트 바닥에서 공기를 해야 했다.

가난한 동네에서 살긴 했으되 도시에서만 살았던 내가 다른 동네, 특히 시골에서 구멍가게를 찾는 건 쉬운 일이 아니었다. 하지만 곧 요령을 깨달았으니, '담배' 스티커만 찾으면 되었다. 일반 가정집에서 간판도 없이 최소한의 생필품과 식료품만 갖추고 장사를 하는, 그야말로 구멍가게, 점빵이란 말에 들어맞는 가겟집에도 한 귀퉁이에 담배 스티커는 붙어 있었다. 문 앞에 평상까지 있으면 확인할 필요도 없다. 담배 연기라면 칠색 팔색하는 나지만 담배 스티커는 아직도 반가운 걸 보면, 어릴 때 경험과 기억이 인생을 좌우한다는 말이 과장만은 아닐 터. 구멍가게를 찾기가 이렇게나 어려워질 줄 알았다면 더 열심히 찾아 좀 더 많은 구멍가게의 풍경을 기억에 담아 뒀을 텐데 말이다.

제주도는 최근 인구가 빠르게 늘어 칠십만이 되었다고는 하나, 시내 중심지를 조금만 벗어나면 대부분 시골이요, 옛날 생각나는 동네들이다. 골목골목 주왁대다(기웃대다) 보면 오래된 구멍가게가, 혹은 구멍가게였음이 분명한 집들이 보이곤 한다. 웬일로 새벽부터 부지런을 떨어, 출근 시간 전에 잠시 촬영을 하러 달려온 섬 반대편 동네에서 만난 게 이 구멍가게였다. 점점 희귀물이 되어 가는 평상까지 제대로 있었으니, 그 반가움을 몇 마디 말로 어찌 다하랴.

마침 가게 맞은편에 앉을 만한 댓돌까지 있었다. 나는 구멍가게를, 기억에서 튀어나온 듯 아득한 이 집을 천천히 톺아보았다. 한 글자 한 글자 붙여놓은 간판과 유리문으로 들여다보이는 상품들과 옆으로 밀어 놓은 꽃무늬 커튼을. 손으로 써서 붙인 안내문과 알맞게 그려 넣은 듯한 나무와 기대어 선, 낙엽 쓰는 용도임이 분명한 키다리 싸리비를. 그리고, 그리고.

담배 스티커와 평상. 그 위에 좀 더 앉기 좋으라고 깔아 붙인 장판을.

날이 밝아 오자 집 뒤쪽에서 남자삼춘 한 분이 나와서 가게 주변을 쓸기 시작했다. 그랬다. 가겟집 사람들은 대체 잠을 언제 자는지, 학교 갈 때 보면 이미 문은 열려 있었고 낮에는 모습을 보기 힘든 아저씨가 가게 앞을 청소했다. 은주네 아빠가, 봉준이 할아버지가 빗자루질을 하고 있다. 싹, 싹, 빗자루질 소리에 맞춰 사람들이 가게에 들어가 물건을 사고 나온다. 미깡밭(귤밭)에 가던 삼춘과 방방(트램펄린)에서 떨어져 다리가 부러진 이층집 남자아이와 제대(제주대) 졸업반이라는 해장국집 아들과 어린 내가 샷시문(새시문)을 열고 들어가고, 다시 샷시문을 열고 나온다. 과거의 사람들과 현재의 사람들이 구멍만 한 세상에서 조우한다. 만난 줄도 모르고 겹쳤다가 연기가 풀어지듯 헤어진다. 이 구멍은 이토록 크고 넓다.

그런 풍경이 있다. 처음 보는 곳이지만 낯이 익고, 꿈속의 장면인 듯 아득하지만 향수를 일으키는. 잊힌 기억이 갑자기 눈앞에 실체를 띠고 나타난 게 아닐까 싶을 만큼 선연한. 우리가 간혹 경험하는 기시감을 굵은 펜으로 선명하게 그려낸 듯한, 기시감보다 더 큰 기시감을 불러일으키는 풍경이 있다. 그러니 우리에게 사진이 있다는 건 얼마나 큰 다행인지. 말은 눈보다 빠르지 않고 익을 만한 시간을 필요로 하니 말이다. 지금 할 수 없는 말들을 나는 사진에 담아 둔다.

이 사진을 찍은 건 4년 전이다. 이 가게는 이제 문을 열지 않는다. 유리문은 꽃무늬 커튼으로 모두 가려져 있다. 지금 나는 이 동네에서 가까운 곳에 살고 있다. 근처를 지날 때마다 동네거리 상회를 떠올리지만, 문을 닫았다는 이야기를 들은 후로는 이 앞을 지나지 않는다. 사람이 있던 세상, 그 풍경으로 기억해 두고 싶은 것이다. 그런 그림 하나쯤 간직해도 좋지 않은가.

2016. 11. 토평동

꽃보다 강생이

❖

이날도 꽃을 보러 나선 길이었다.

나는 꽃 사진이 참 어렵다. 특별히 솜씨 좋게 찍어 내는 피사체가 따로 있다는 건 아니지만 유난히도 꽃 사진이 잘되지 않는다. 왜 그럴까 오래 생각해 본 끝에 아무래도 꽃이 예쁘지 않아서인 것 같다고 결론을 내렸다.

그렇다. 나는 고장(꽃) 예쁜 걸 잘 모르겠다. 예쁘지 않다, 싫다는 건 아니지만 그닥 눈길이 가지도 않는다. 봄이면 벚꽃이다, 유채꽃이다, 여름이면 수국이다, 가을 국화다, 겨울 동백이다, 하고 굳이 꽃을 보러 비행기를 타고 오는 사람들도 있는데 나는 꽃비가 내리는 길을 지나면서도 벌써 이런 계절이 되었구나, 하는 정도랄까. 멈춰서 그 비에 기꺼이 몸을 적실 만큼의 감흥은 별로 일어나지 않는다.

갖은 애와 정을 다 쏟아도 피사체의 아름다움을 눈에 보이는 반만큼도 사진에 담기 힘든데, 그 정이 애초에 부족하니 꽃의 입장에서도 얌전히 포즈를 취해 줄 맘은 안 생길 테지. 뒤

늦게 용서를 구하고는 있지만, 여전히 촬영에는 애를 먹는다.

그리하여 이리도 긴 푸념을 붕당붕당(투덜투덜)거리며 잡지에 필요한 동백 사진을 찍고저 이 동백숲에서 저 동백나무로 주왁주왁. 이리 찍고 저리 찍고 있는데 문득 시선이 느껴진다. 아고게(아이쿠나)! 어느새 강생이들이 내 뒤에 포진하고 있다. 어떵 소리 하나 안 내고 왔누.

강생이와 고넹이(고양이)만 보면 아꼬와 어쩔 줄 모르는 난데 집중이 될 리가. 동박이니 동백이니는 이미 다른 은하계로 날아갔다.

그러니까 내 사진에 강아지 고양이가 유난히 많은 건 내 탓이 아니다. 이 녀석들이 어느샌가 튀어나오고 졸졸 쫓아다니고 프레임 안으로 밖으로 마구 뛰어다니는 탓이다. 보란 말이다, 녀석들의 동시다발적인 눈빛 공격을. 저추룩(저렇게) 집중포화를 햄신디(하는데) 뭔들 눈에 들어오겠느냐고.

짐짓 열변인 척하고 있지만 뭐 사실, 내가 처음부터 동물들을 찍어 보겠노라고 마음먹었던 건 아니다. 누군가가, '사진에 동물이 꼭 하나씩 있네요?'라고 얘기해 줘서 알았다. 그러고 보니 어느새 이런 사진이 제법 모여 있더라.

애정을 느끼는 대상이라면 누군들 사진에 담아 보고 싶지 않겠는가. 하지만 내가 동물 사진을 좋아라 하는 건 좀 다른 연유에서였다.

일 때문에 촬영을 하는 날이 생기면서 내 의도나 마음과는 관계없는 사진을 찍는 일이 많아졌다. 필요에 의해 찍어야 하는 사진들이 있었다.

그런데 이런 촬영은 영 재미가 없더라는 말이다. 정해진 대상을 정해진 구도로 찍는 기사용 사진은 뭔가 신이 안 난다. 이건 물론 내가 기술과 요령이 부족해서다. 빠르게 필요한 사진을 찍어 내는 기자라면 지루함을 느낄 새도 없을 거다(아마도). 그러나 나는 기록용 사진이건 포스팅용 사진이건 한 장을 후딱 찍는 법이 없다. 정해진 시간에 찍어야 할 양이 있는데 한 장 한 장을 갖은 용을 다 쓰며 찍다 보니 지쳐 버리는 거다. 도대체 원하는 샷이 나오지 않을 때는 대체 내가 뭘 하고 있는 거람, 맥 빠지기 일쑤다.

생각해 보라. 처연한 동백꽃을 찍어야 하는데 아무래도 맘

같이 되지 않아 돌담 위에 올라도 가보고 나무 아래 누워도 보고 엎드려도 보고, 결국 에라 모르겠다고 길바닥을 뒹굴고 있는데 강아지 한 부대가 그런 나를 처연히 보고 있는 거다. 마음이 옮겨가지 않겠느냐고.

이 당시 내가 살고 있던 집에는 동백나무 울타리가 있었다. 제주에서 처음 살게 된 집이었고, 태어나서 처음 살아 보는 시골마을의 시골집이었다. 무섭지 않냐는 친구들의 걱정에 나는 이사 온 집에 동백나무 울타리가 있다며, 신이 난 자랑으로 대답을 대신했다. 나란한 방 두 개의 나란한 창 두 개를 열면 검푸른 동백잎이 햇빛을 방 안으로 튕겨 넣었다. 나무가 창에 너무 가까이 자라 누워야만 하늘이 보였는데, 그나마 빽빽한 잎 사이로 따끔따끔 보일 뿐이었다. 녹색 스웨터를 뒤집어쓰고 올려다보는 것 같은 하늘이었다. 몇 년 후 집주인 아주머니는 이 나무를 다 잘라 버렸다. 창을 다 열지 않아도 이미 보이는 하늘이 헐벗은 듯 추워 보였다. 하늘이 답답해 보인 건 처음이었다.

저녁에 돌아오니 나무는 이미 밑동만 남기고 사라져 있었다. 누가 잘랐는지는 몰라도 꽃 한 송이 잎 하나 남겨 두지 않고 깨끗이 가져갔다. 아주머니는 뱃(햇빛)도 안 들고 버랭이(벌레)가 하난(많아서) 집안에 두기 구진(나쁜) 낭(나무)이라고, 벌써부터 자르려고 했었단다. 처음 이사 왔을 때도 동박낭 버랭이는 잘도 독하난 물리면 큰일이라고, 옆에 갈 땐 조심하라고 당부하긴 했다. 다행히 지네에 몇 번 식겁하긴 했지만 동박낭 벌레에 물린 적은 없어서, 낭도 내가 맘에 든 모양이라며 혼자 농담을 하곤 했는데. 허나 섭섭해도 어쩌겠는가. 내 집도 아니고 내 나무도 아니었다. 내겐 불평할 아무 권리도 없었다. 자랑은 실컷 했었건만 어따 하소연할 데도 없었다. 그나마 직접 보지 않은 게 다행이라고 자위하기로 했다. 나무를 자르는 전기톱 소리를 들으면 나는 늘 비명소리를 듣는 것 같아 신경이 쿡쿡 쑤시니 말이다.

동백은 잎이 두툼하고 빽빽하여 옛날부터 방풍림으로 많이 심었다. 낮았던 울타리가 벽이 되고 숲길을 이루어 관광객을 끄는 명소가 된 곳들도 있는데, 그런 몇 군데를 제외하면 동백

나무의 수가 차츰 줄고 있다. 집주인 아주머니가 말했듯 벌레가 많기 때문이다. 집안에 있는 나무는 벌레도 잡고 가지도 치며 관리를 해 주어야 한다. 한마디로 손이 많이 간다. 요즘은 벽돌로 담을 쌓고 철망으로 간단히 펜스를 칠 수 있으니 자라는 데 오래 걸리고 손이 많이 가는 생나무 울타리를 유지할 필요가 없다. 예전에는 동백기름을 받아 썼다지만 이 또한 사라져 가는 풍습이다. 동백나무가 우리에게서 점점 멀어지고 있다.

이렇게 나무가 점점 사라지고 있다는 게, 동백 사진 찍겠다고 이 먼 동네까지 찾아온 이유이기도 하다. (당시 이 동네는 내가 사는 곳에서 섬의 반대쪽이었다.) 창 밖에 아직 동백나무가 있었다면 일찌감치 촬영을 끝내고 커피를 내리고 있었을지도 모른다. 아닌 게 아니라 커피 생각이 나서 고쳐 앉으며 보온병을 꺼냈다. 어디선가 동박새 소리가 들리는 듯했다. 나무 아래서 새소리를 들으면 나무의 정령이라도 되는 양 귀를 기울이게 된다. 물론 그런다고 새의 말을 알아들을 리는 없다. 그럴 수 있다면야 얼마나 좋을까마는. 성 프란치스코처럼, 닥터 두리

틀처럼 동물과 대화하는 능력이 내게 있었다면 저 강생이들이 눈으로 절절히 쏘아 내고 있는 말의 의미도 알 수 있으련만.

그나마 다행히도 상상력은 어따 내놔도 빠지지 않으니. 저 녀석들이 내게는 동백나무를, 이 마을을 지키는 수호 동물로 보인다. 신례리의 수호 무사인 강생이 칠 남매가 낯선 사람이 행여 나무를 해치지는 않을까, 깊숙한 데 숨어서 마을을 지켜 주는 보물을 훔쳐가지는 않을까 눈을 떼지 않고 감시하고 있는 거다.

그러니까 이날도 나의 꽃 촬영은 실패였다는 말이다. 대신 잘도 아꼬운 강생이 칠 남매의 사진을 데려왔다.

2016. 3. 신례리

나는 판타지 영화가 좋다

❖

영화 주인공처럼 운전쯤이야 가벼운 게임 정도로만 생각하면 좋으련만. 그럴 수 없는 게 사람이다. 나는 주차가 어려워 운전하기 싫다는 초보는 아니지만, 운전을 할 때면 핸들을 잡은 두 손에 힘이 잔뜩 들어가도록 긴장할 때가 많다. 평소에 잘 나오지 않던 겁이 올라온다. 바로 앞의 덤프트럭이 시야를 가리는 게 무섭고, 도로에 굴러다니는 캔이 무섭고, 겨울철 젖어 시커메진 길이 무섭고, 교체 시기를 놓친 와이퍼의 끼익거림과 잘 지워지지 않는 새똥 얼룩이 무섭고, 찻길을 침범하며 걸어가는 행인이 무섭다. 꽃가루 미세먼지도 너무 무섭다, 재채기는 참을 수가 없으니까. 눈이 감기는 찰나의 그 공포란.

펄떡대는 심장을 진정시키고자 환기를 시도한다. 나는 무엇을 두려워하는 걸까. 사고를? 따라올지 모를 재앙이나 고통을? 죽음을? 알 수 없는 미래를? 이 두려움은 어디에서 오는가.

내가 아무리 겁이 없기로 두려워할 때가 빙판길을 운전할 때뿐일까. 이런 일쯤이야 허다하다. 어쩌면 사람 마음의 가장 밑바닥에 있는 게 두려움인지도 모른다. 살아가면서 하는 모든 행위가 두려움을 떨치기 위한 혹은 잊기 위한 노력인지도.

그러나, 그렇다고 해도. 이유를 알든 모르든, 무서운 건 무서운 거다. 평소 같았으면 눈이 온다는 걸 뻔히 알고도 차를 몰고 나서는 이런 일은 절대 없었을 거다. 그러나 이번만은 도저히 어쩔 수 없었다. 마감에 맞추려면 오늘밖에 날이 없었고 택시 회사 전화는 새벽부터 이미 불통이었다. 오일육 도로나 남조로에서 아니면 보기 귀한 스노체인까지 채우고 그 위에 스프레이 체인까지 잔뜩 뿌리고 출발했는데도, 기어는 최저로 넣고 오른손은 아예 사이드 브레이크에 올린 채 뽀득뽀득 기어가고 있는데도 온몸에 들어가는 힘을 어찌할 수가 없다. 뺍은 목이 앞 유리를 뚫고 나갈 지경이다. 손마디가 얼얼하고 눈이 시큰하다.

아침을 지나 낮으로 가고 있는 시간인데 저녁같이 어둡다. 세상은 흑백영화가 되었다. 그래서였을까. 그래, 두려움에 대해 생각하고 있었지. 사위의 적막 때문인지 높은 곳에 올라온

듯 귀가 먹먹했다. 라디오는 아까부터 전파가 잘 안 잡히는지 치직대는 소리로 차 안을 채우고 있다. 너무 조용한 건 싫어서 끄지 않고 볼륨만 줄여 두었던 거다. 그래서였을 것이다. 흑백 세상 위에 눈발 어지러이 흩날리는 눈앞의 프레임은 순식간에 브라운관으로 바뀌었다. 정규 방송이 끝나면 흑백의 노이즈가 지글거리던 그 화면 말이다.

그래, 두려움에 대해 생각하고 있었다. 어릴 적, 아마 내 기억 속의 가장 오래된 두려움의 기억인 듯하다. 나는 텔레비전 노이즈 화면을 너무너무너무너무 무서워했다.

아마 네 살이나 다섯 살쯤. 두 살 터울인 언니도 미취학 아동이었을 때다. 무슨 일인지는 기억에 없지만, 아무튼 그날 밤은 엄마 아빠 없이 우리 둘만 집에 있었다. 엄마 아빠는 아침에나 돌아올 터였으니 꼬맹이들 둘이 억겁 같은 밤을 보내야 했던 거다. 평소에는 아홉 시면 잠이 들어 시계라는 별명까지 있던 나지만 무서워서 잘 수가 없었다. 불도 끄지 못하고 TV 볼륨을 한껏 크게 틀어놓고도 눈 감는 게 무서워 눕지도 못하고 꾸벅꾸벅 졸았다. 얼마나 시간이 지났는지, 몇 시쯤인지 전혀 알 수 없었다. 졸음과 악몽이 마구 뒤섞여 말 그대로 비몽사몽하던 혼곤한 머리에 또렷하게 느껴지는 게 있었는데, TV 소음이었다. 방송 시간이 지나 채널이 꺼졌던 거다. 그때는 인터넷 방송은 고사하고 케이블이니 유선이니 하는 게 전혀 없어 24시간 방송이 아니었다. 흑백의 노이즈와 지글지글 끓는 소리는 살아 있는 짐승 같았다. 귀를 막아도 소리가 들렸다. 그렇다고 이불을 뒤집어쓰면 깜깜해질 테니 그럴 수도 없었다. 어둡고 조용한 것도 무섭고 짐승 같은 TV도 무서우니 어찌할 바를 몰랐다. 둘 중 하나가 울음을 터뜨렸다면 아침이 되도록 울었을 거다. 간신히 울음을 누르면서 TV 쪽으로 눈과 귀를 돌리지 않으려 애를 쓰는 게 고작이었다. 그러다 아맹해도(아무래도) 짐승 소리보다야 조용한 게 낫겠다고 생각했는지 TV를 끄자고 얘기를 했다. 결심한 것까지는 좋았으나 문제는 끝나지 않았다. 어떻게 저 짐승에게 다가간단 말인가. 리모컨이 있을 리 없다. 다이얼을 돌려 꺼야 하는데 도저히 거기까지 갈 수가 없었다. 방 크기가 두세 평 정도였던 걸로 기억하니, 어른이 손만 뻗으면 닿을 거리에 TV가 있었지만 그 거리 또

한 억만 광년쯤으로 멀기만 했다.

이 이야기가 어떻게 끝났는지는 기억나지 않는다. 지금 생각하면 귀여운 이야기이기도 하다. 물론 그때는 미친 듯이 공포에 떨었지만, 그 일이 나에게 심각한 정신적 손상을 입혔을 것 같지는 않다. 확신할 순 없지만 아마도. 게다가 어설프게 프로이트 이론을 흉내내 봤자, 지금 느끼는 내 두려움이 사라지지는 않는다. 그 증거로 지금 이 사진, 눈발 흩날리는 흑백 영화 장면에, 곧바로 재생되는 브라운관 노이즈에, 여전히 이렇게도 눈이 시큰하고 심장이 쿵쾅거린다.

다시, 두려움은 어디에서 오는가? 한 가지만은 확실하다. 어디에서 비롯되었든 그 두려움을 키우는 건 상상력이라는 거다. 두려움은 일단 발생하면 순식간에 커지며 잠재우기는 몹시 어렵다. 그래서 상상력은 영화 속 악당들이 현란하게 구사하는 무기가 된다. 말로 하는 협박 말이다. 끔찍하고 고통스런 일이 일어날 거라는 상상이 공포에 불을 붙인다. 팔뚝을 걷어붙이는 동작만으로 그가 나를 때리는 장면을 상상한다. 칼을 슬쩍 보여 주거나 말만 꺼내도 그 칼이 내 몸에 박히

거나 살을 베어 내는 장면과, 뒤이어 올 고통을 상상한다. 그들이 가족 얘기를 하면 그 모든 일들이 내 가족에게 일어나는 걸 상상한다. 상상이 커질수록 공포도 커진다. 그래서 폭력은 실제로 일어나지 않더라도 누군가의 머릿속에 떠오르는 순간 실재가 된다. 내재되어 있는 가능성 자체가 이미 폭력인 거다.

특정한 사람들이 일으키는 폭력만을 이야기하는 게 아니다. 각종 매체에서 난무하는 폭력적인 장면들이야 물론 대부분이 의도적으로 만든 허구다. 하지만 의도적으로 공포 분위기를 만들어 내는 이가 없어도 세상은 내재한 폭력으로 가득하다. 그러니 꿈을 꾸지 말라는 얘기를 하려는 게 아니다. 그 반대다. 악몽을 만들어 내는 건 보이지 않는 폭력과 강제한 두려움일 수도 있으니 자신을 탓하지 말자는 거다.

아무튼, 지금 이 영화에 악당은 없다. (아마도 그럴 것이다.) 도로를 무법천지라고 우리는 늘 투덜대지만 진짜로 추격전이 벌어지거나 하지는 않는다. 내 유별난 상상력이, 놓친 수소 풍선마냥 훨훨 날아오르고 있을 뿐이다. 그러나. 비록 운전이 무섭고 길이 무섭고 세상이 무섭다 한들. 쓰잘데없는 능력이라며 상상을 포기하고 싶지는 않다. 이번에는 공포영화일지언정 일상의 판타지를 만드는 것 역시 상상력이기 때문이다. 나는 수소 풍선에 차를 매달아 날아가는 상상을 한다. 다음번에는 꼭, 판타지 영화이기를.

2018. 2. 명월리

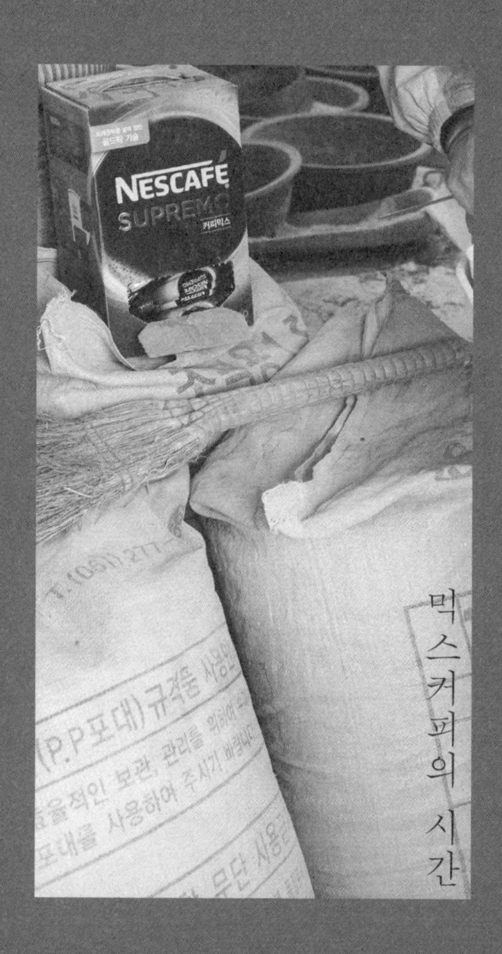

믹스커피의 시간

❖

밖에선 눈이 허옇게 내리고 있었고, 안에선 메밀가루가 허옇게 날리고 있었다. 가공을 마치고 판매되는 메밀은 거무죽죽한 빛깔을 띠었으니, 나는 메밀이 원래 그런 색인 줄만 알았다. 서른이 되도록 고사리 색도 몰랐던 서울촌년이, 고사리보다 보기 귀한 메밀이 대체 뭔지 알 리가 있나. 메밀꽃은 강원도 봉평에만 피는 줄 알았고, 그나마 국어 교과서를 통해 알았을 뿐이었다. 잘못 안 게 그뿐만일까. 중년에 접어들어서야 처음 만난 메밀꽃은 하얗기만 한 것도 아니더라.

그래도, 붉은 꽃도 더러 있지만 하얗게 피는 메밀꽃의 수가 워낙 많아서 메밀밭은 어느 아침 눈밭이 된다. 꽃이란 아무래도 보는 눈이 없을 때만 피는 모양인지, 매일 봐도 그대로이던 초록들이 하루아침에 와자작 꽃을 피워 내니 신통할 따름이다. 이런 면이 또한 밤새 내린 눈과 같다.

메밀은 두 달이면 꽃을 피워 제주에서는 3모작까지도 가능하다. 그러다 보니 '메밀꽃 필 무렵'이 따로 있지 않다. 오뉴월에도 메밀꽃이 피고 시월 상달에도 핀다. 겨울만 빼고 하얀 눈밭을 볼 수 있는 셈인데, 이날은 메밀가루가 정말 눈처럼 펄펄 날리는 걸 보게 된 거다. 방앗간은 고춧가루 심부름으로 가 본 기억밖에 없던 나는 처음 보는 광경에 마냥 신이 났다.

다른 촬영이 있어 눈보라를 무릅쓰고 오긴 했는데 부연 시야 때문에 길 찾기조차 쉽지 않았다. 드물게 험한 날씨에 길을 물어볼 만한 삼춘 한 분 못 봤다. 아기 품듯 옷 속에 카메라를 품고 골목골목 헤매다 말소리를 따라온 곳이 여기였다.

예전부터 메밀 재배를 많이 하는 마을이다. 오늘은 마을 삼춘들이 모여 메밀을 빻는 날이라 했다. 근처에 취재가 있어 시에서 온 사람들이다, 좀 구경해도 되느냐 물으니 추우난 (문) 닫앙 재게 들옵서(추우니까 문 닫고 얼른 들어오세요), 한다. 우리 말을 제대로 듣기나 했나 모르겠다. 탈탈탈탈 기계 소리에 귀가 왕왕 울린다. 한 삼춘은 이미 포트에 물을 올렸다. 묻지도 않고 사람 수대로 믹스커피 봉지를 뜯는다.

나는 고등학생 때 자판기 커피 이후로 믹스커피를 먹어 본

NESCAFÉ

적이 없었다. 원래 단 걸 안 좋아하고 진한 커피를 좋아해서 에스프레소를 많이 먹는 편이다. 그런데 요즘은 믹스커피도 자주 먹는다. 제주에 살다 보니 그리되었다.

이사를 하고 두어 달은 일이 없었다. 마침 제주는 농번기라 일당 벌이는 얼마든지 있었다. 미깡 타랜도(귤 따러도) 다니고, 당근 뽑잰도(뽑으러도) 가 보고, 선과장, 초콜릿 공장에서 일도 해 봤다. 할망 삼춘들이영(삼촌들이랑) 밭일 창고일 하면서 참을 먹어 보니 막일은 믹스커피 맛으로 한다는 게 무슨 말인지 알겠더라. 추운 날 밭 한가운데 피워 놓은 불 앞에서 마시는 믹스커피 한 잔이면 피로도 추위도 다 녹는다.

커피는 젊은 사람들이나 먹는 거라고, 어릴 때 들었던 기억이 난다. 그때는 할머니 할아버지들은 커피 같은 건 안 마시는 줄 알았다. 그럴 리가? 시골 어느 집이나 할망 하르방 사는 집에 가 봐라. 박스로 쌓여 있는 믹스커피를 볼 수 있을 테니. 제주 삼춘들은 말 한 마디만 섞으면 믹스커피 대접은 기본이다. 왜, 시골 어머니들은 문지방을 넘은 손을 그냥 돌려보내는 법이 없다 하지 않나. 어느 마을 어느 집이든 어머니들 마음은 모두 같다. 첫 대사는 "어서 옵디까(어디서 오셨어요)?" 두 번째 대사는 "뭐라도 줘야살컨디, ○○ 먹잰(뭐라도 줘야 하는데, ○○ 드실래요)?" ○○ 안은 대부분 커피다. "커피라도 먹엉(먹고) 가." 마을 촬영을 하다 보면 얻어먹은 커피로 배가 부를 때가 많다.

잠시 곁가지로 새는 걸 용서해 주기 바란다. 싫어한다면 거절할 수도 있을 텐데, 단 커피를 그렇게나 먹는다는 건 언행불일치가 아니냐고 말하는 사람이 있을지도 모른다. 이렇게 오버스런 걱정을 하는 건 진짜로 이런 말을 들었던 경험이 있어서다. 한때 단짝이었던 친구가 나에게 자주 했던 질타랄까, 충고랄까. 너는 짠 음식을 싫어한다면서 조림 반찬을 왜 먹느냐, 너는 굽 있는 신발이 불편하다면서 지금 신고 있는 신발도 굽이 있지 않냐, 말과 행동이 그렇게 다르면 타인이 너를 어떻게 신뢰할 수가 있겠느냐, 이런 말들이었다.

지금은 이렇게 이야기할 수 있는 과거지사가 되었지만, 그때 조금 더 강하게 주장하지 못했던 내가 돌이킬 때마다 답답하기 그지없다. 가끔 그 친구의 근황이 궁금하다. 너는 어찌 살고 있느냐, 너의 말대로 겉과 속이 완벽하게 일치하는 삶이냐고 묻고 싶다. 사람의 삶이라는 게 내가 바라는 바대로만 꾸려 갈 수 있는 게 아님은 자명한데, 그럼에도 불구하고 나를 질타했던 너는 그리 살아가고 있냐고 묻고 싶다. 정말로.

그이에게도 가 닿기를 바라는 마음으로 말을 이어 본다. 음식이란 게 맛과 취향으로만 먹는 건 아니다. 음식은 지역의 문화고, 사람의 이야기고, 이야기 속의 맥락이다. 음식은 멀리 떨어진 시공을 이어 주는 매개이자 주제고, 은유이면서 실재다.

커피를 타는 삼춘의 손이 바쁘다. 손도 바쁘고 입은 더 바쁘다. 묻기도 전에 우리 마을 이야기, 궨당(친척) 이야기, 메밀 이야기… 전기수의 낭독처럼 막힘 없는 이야기 솜씨에 우리는 추임새 한번 못 하고 청중이 되었다. "게나저나 삼춘, 이디가 메밀마을인디 메밀차 안 드시고 커피 드셔마씸(그나저나 삼춘, 여기가 메밀마을인데 메밀차 안 드시고 커피 드셔요)?" "메께라! 메밀은 다 폴았주게(어머나! 메밀은 다 팔았지)!" 동행자가 짓궂은 농담을 던졌다가 본전도 못 건졌다. 다른 삼춘이 갑자기 베갯잇을 꺼내더니 마다리(자루)에서 메밀껍질을 꺼내 담는다. 저

게 그 메밀껍질 베개구나. 그런데 껍질 담는 손삽이 특이하다 해서 봤더니 방에서 쓰는 쓰레받기다. 게다가 원래 용도는 그게 아닌 모양. 전기수 삼춘이 받아들더니 종이컵을 올린다. "쟁반이 잘도 멋지우다양(쟁반이 아주 멋지네요, 어르신)!" "게난, 손잡이도 이시난 잘도 좋주게(그럼, 손잡이도 있으니까 진짜 좋지)!" 입에 댈 컵을 어떻게 쓰레받기에 담아 줄 수가 있냐고 깔끔떠는 이는 없을 거라 생각하지만, 께름칙한 맘이 호꼼(조금)이라도 든다면 먹지 마시라고 말하겠다. 어차피 그 커피는 맛이 없을 테니. 우리는 모두 아주 맛좋게 먹었다. 그리고 변함없는 호구 조사가 시작됐다. "어디꽈(어디 출신이에요/어디서 살아요)?" "애월마씸(애월이요)." "기(그래)~? 누구누구 알아져(알아)?" "나도 원래 애월(나도 애월 출신이에요)." 밖에선 눈이 허옇게 내리고 있었고, 안에선 메밀가루가 허옇게 날리고 있었다. 펄펄 날리고 수북수북 쌓이는 메밀가루 때문에, 지난가을 유난히 예뻤던 메밀밭 얘기에, 전기수 삼춘이 하필 왼손잡이인 게 눈에 들어온 탓에, 오래전 국어 교과서에서 본 소설 장면이 생생하게 떠올랐다. 반전 따위 없이, 소금을 뿌린 듯 흐뭇한 달빛으로 가득한 메밀꽃밭이.

사람은 누구나 자기 몫의 외로움이 있어서, 이야기로 외로움과 고단함을 달래곤 한다. 나의 외로움과 당신의 외로움이 만나서 이야기가 된다. 그래서 모든 이야기에는 마음을 달래는 힘이 있다. 허생원은 밤길을 가며 이야기를 했고, 우리는 방앗간에서 메밀가루 섞인 믹스커피를 마시며 이야기를 했다. 이효석 선생도 커피를 좋아했다지.

믹스커피는 정이다. 믹스커피는 한 모금의 음료이면서, 한 모금의 휴식과 충전이다. 손가락 굵기만한 봉지에 쓴맛 단맛이 다 들어 있다. 끓이는데 몇 초 안 걸리고 휴대하기도 편하다. 휴식도 인스턴트가 가능한 시대에 살고 있는 게 나는 조금도 개탄스럽지 않다. 오히려 고맙다. 누가 처음 만들었는지 몰라도, 믹스커피 한 잔으로 우리는 아무 때 아무 데서고 쉼과 대화를 나눌 수 있으니. 믹스커피의 시간은 사람의 외로움과 고단함이 만나는 시간이고, 이야기가 피어나는 시간이다.

2018. 2. 와흘리

동구 밖 과수원길 앞 보리수

❖

요즘 아이들은 어떤 동요를 부르는지 모르겠다. 내가 가끔 보는 초등학생 유치원생은 동요보다는 성인 가요를 더 많이 부르는 것 같던데. 우리 어릴 때보다 훨씬 일찍부터 각종 영상물과 미디어에 익숙해지는 아이들이니 당연하다면 당연하겠다. 가요도 좋긴 하지만 기왕이면 아이들이 노랫말을 이해할 수 있는 노래 중에서, 좋은 노래 예쁜 노래를 많이 듣고 불렀으면 좋겠다. 어릴 때 부른 노래는 평생 기억하는 법이니까.

일주일에 한두 번 있는 음악 시간에 배웠던 노래들은 나중에 보니 대부분 유명한 클래식에 가사를 붙인 곡이었다. 모차르트가 작곡한 〈반짝반짝 작은별〉이나 슈베르트의 겨울 나그네 중 〈보리수〉 같은 곡들. 그러나 나 역시도 어른 흉내만 내고 싶던 어린아이였던지라 이런 노래들은 대부분 재미없었다. 그렇다고 교과서에 없는 노래를 가르쳐 줄 만큼 열성적인 선생님도 많지 않았다. 해서, 지금까지 기억하는 동요는 얼마 되지 않는다.

한참의 세월이 흐른 후에야 클래식의 맛을 알게 된 나는, 악보가 나와 있던 음악 교과서를 버리지 말고 모아 뒀으면 좋았을걸, 후회가 좀 됐다. 가끔 기억에서 맴도는 동요들을 찾아볼 수 있었을 텐데.

가사가 기억나지 않는 노래도 많고 제목이 기억나지 않는 노래는 더 많다. 노래의 첫 소절을 제목이라 우겼던 기억이 누구에게나 있을 것이다.

애국가를 애국가라고 하는 아이는 한 명도 없었다. 다들 '동해물과'나 '동해물과 백두산이'라고 했다. 나도 '엄마가 섬그늘에'의 제목이 〈섬집 아기〉라는 걸 알고 추물락했던(깜짝 놀랐던) 적이 있다. 제목을 몰라도 노래 부르는 데는 아무 문제없긴 하다.

노랫말도 마찬가지다. 나중에서야, 이 노래가 이런 내용이었어? 할 때가 몹시 많다. 어릴 땐 더더구나 노랫말 같은 건 제대로 생각해 본 적도 없다. 뜻 같은 거 없거나 모르더라도 노래는 얼마든지 부를 수 있으니까. 무슨 말인지 몰라도 신만 나면 그만이었다. 그러니까 고무줄 넘으며 〈전우야 잘자라〉의

'전우의 시체를 넘고 넘어'를 그렇게나 불렀지. 뜻을 알았다면 무서워서 잠이나 잤을까.

쎄쎄쎄나 고무줄 할 때 부르던 노래들은 지금도 제법 기억이 난다. 아주 어릴 때는 〈아침 바람 찬바람에〉, 〈딱따구리〉, 〈미리미리 미리뽕〉을 많이 불렀다.

〈딱따구리〉는 이런 노래다. "딱따구리 구리 마요네즈 / 마요네즈 케찹은 맛있어 / 인도 인도 인도 사이다 / 사이다 사이다 오 땡큐" 정말이지 아무 의미도 없다. 그러나 정말 신이 나게 불렀던, 당시 우리 골목 최고의 유행가였다.

조금 더 커서는 '전우의 시체를 넘고 넘어', '금강산 찾아가자', '푸른 하늘 은하수'를 부르며 가위바위보를 하고, 편을 먹고, 고무줄 놀이를 했다.

쎄쎄쎄할 때는 '엄마가 섬 그늘에', '아빠하고 나하고', '푸른 하늘 은하수'를 제일 많이 불렀다. 이 세 곡은 쎄쎄쎄 스탠다드라는 것 외에 공통점이 또 하나 있는데, 원래 제목을 아는 사람이 별로 없다는 거다. '엄마가 섬 그늘에'의 제목은 앞에서 말했듯 〈섬집 아기〉고, '아빠하고 나하고'는 〈꽃밭에서〉,

'푸른 하늘 은하수'는 〈반달〉이다. 가끔 지인들에게 퀴즈를 내는데, 제목 세 개를 다 맞추는 사람을 아직 한 번도 보지 못했다.

나는 〈섬집 아기〉와 〈반달〉을 지금도 참 좋아하는데, 곡도 좋지만 노랫말이 좋아서다. 모든 노래가 시지만 이 곡들은 특히 아름다운 시다. 그림이 잘 그려지는 시가 좋은 시라는 말이 있다. 눈앞에 그려질 만큼 묘사가 잘된 시가 좋다는 말이다. 이 두 곡의 노랫말에서도, 은하수를 흘러가는 쪽배 같은 반달의 모습과 혼자 집 보는 아이의 모습이 아주 잘 그려진다.

노래는 힘이 세다.

아침에 처음 떠오른 노랫가락은 하루 종일 흥얼거리게 된다. 어떤 노래는 들을 때마다 처음 들었을 때의 감정과 기억이 고스란히 살아난다. 우리는 노래를 기억할 때 노래 자체만 떠올리지 않고 어떤 정서나 노래에 얽힌 사연을 함께 떠올린다. 노래는 종종 우리를 '그 시절 그곳'으로 데려간다. 노래마다 치환되는 인상이 있고, 더 강한 인상이 얹힐 때까지는 그 인상

이 그 노래를 대표하는 이미지가 되곤 한다.

내 또래 사람들에게는 〈과수원 길〉이 동요 중의 대표라 할 만하다. 가장 많이 불렀던 노래고, 내가 전곡을 기억하는 얼마 안 되는 동요 중 하나다. 나는 이 노래에서 아카시아 꽃이라는 걸 처음 알았다. 그때까지 실제로 본 적이 없었던 아카시아 꽃은 수학여행 간 진주성에서 처음 봤고, 그래서 나에겐 〈과수원 길〉은 아카시아 꽃이고 아카시아 꽃은 곧 여행이고, 성이다.

우리는 이런 기억의 사슬을 수없이 간직하고 있다. 노래는 기억의 사슬을 이어주는 소중한 고리다.

〈과수원 길〉은 아카시아 꽃이 아니어도 내가 모르는 말투성이였다. 첫 소절부터 어려웠다. 동구는 뭐고, 과수원은 또 뭔가. 엄마 아빠의 설명을 들어도, 한 번도 본 적이 없다 보니 이해하긴 힘들었다. 갸웃거리는 내게 엄마 아빠는 언제 시골 가면 보여 주마 했고, 나는 상상의 마을에 상상의 동구 밖 과수원 길을 그려 넣었다.

또 하나 내가 좋아하는 노래인 〈보리수〉는 조금 더 큰 후,

아마 중학생 때 처음 들었지 싶은데, 역시 노랫말이 아름답고 그림이 잘 그려지는 시였다.

나는 상상의 마을 어귀, 과수원 길이 시작하는 곳에 보리수도 한 그루 그려 넣었다. 그리고 '기쁠 때나 슬플 때나 안식을 찾으러' 찾아가곤 했다.

그래서 이런 그림이 만들어졌다.

내가 그리는 마을이나 집 어귀에는 늘 커다란 나무가 있다. 나는 과수원 길을 따라 집으로 간다. 어귀에 서 있는 나무를 보고 제대로 찾아왔음을 안다. 이 순서를 거꾸로 돌려도 마찬가지다. 길을 가다 골목 어귀에 서 있는 아름드리나무를 만난다. 〈과수원 길〉과 〈보리수〉 노래가 차례로 떠오른다. 노래를 흥얼거린다. 나무 아래 한참 머문다. 말없이 얼굴 마주 보며 생긋 웃는다. 단꿈을 꾼다.

나무는 제 삶을 살고 있을 뿐이지만, 사람은 제멋대로인 동물이라서 멋대로 몸을 기대고 마음을 기댄다. 나무는 길을 가는 내게 쉴 자리를 내어주고, 잘 왔다 반겨 주고, 떠날 때 손 흔들어 배웅하고, 다시 돌아오라고, 여기서 기다리겠다고 말한다.

언제든 찾아오면 안식을 구할 수 있을 것 같아, 나는 어둠 속에 눈을 감아도 나무의 모습이 보일 수 있도록, 떠나면서도 몇 번을 뒤돌아본다.

2017. 12. 송당리

디스크와 빨래의 일상

❖

아침의 첫 번째 시련. 머리 감기. 고개를 숙이고 허리를 구부려 윗몸을 둥글게 만드는 게 안 된다. 머리를 감으려면 고개를 뒤로 젖힌 상태로 해야 한다. 한 손에 샤워기를 들고 다른 한 손으로 샴푸칠을 하고, 머리카락 속에 손가락을 넣어 거품이 남지 않는지 확인하며 헹구어 낸다. 이 방법이 팔이 너무 아프다고 하면, 샤워기를 걸어 고정해 두고 두 손을 사용하는 방법도 있다. 일단 물의 온도를 낮춘다.(얼굴에 뜨거운 물이 닿는 건 싫으니까.) 눈을 감은 채로 두 손으로 샴푸칠을 하고, 높이에 맞춰 무릎을 구부린 자세로 물이 머리에 골고루 떨어지도록 머리를 빙글빙글 돌리고, 이것만으로는 한계가 있으니 몸도 동시에 360도 회전을 한다. 물론 그동안 두 손은 계속 머리카락 사이의 거품을 훑어 내리고 있다. 목, 팔, 허벅지, 장딴지, 급기야 온몸에 쥐가 날 지경이다. 통증은 허리에서 시작했지만 온몸으로 퍼져나가는 건 시간 문제다.

아침 일찍 나가야 할 때는, 게다가 지금 같은 겨울에는 보통 샤워를 하지 않고 머리만 감는데, 상황이 이러하다 보니 매일 아침 샤워를 해야 한다. 시간도 보통 때보다 오래 걸린다. 더 일찍 일어나거나 더 서둘러 준비해야 한다는 얘기다.

그렇다고 해도 샤워하는 시간은 십오 분 정도면 충분하다. 하지만 동작을 빨리할 수가 없다. 아파 봐야 자각하는 사실이긴 하지만, 사람이 몸을 움직일 때 허리 근육을 안 쓰는 동작은 별로 없다. 자세를 바꿀 때마다 불편하고 아프고 번거롭다. 근육이 빠르고 부드럽게 움직여지지 않으니 자연히 시간이 많이 걸린다. 눈을 뜨고, 일어난 지 삼십오 분. 그 정도는 들여야 씻고, 몸을 말리고, 옷을 입을 수 있다.

두 번째. 양말. 고개를 숙이고, 허리를 구부려 윗몸을 둥글게 만드는 게 안 된다. 천천히 한쪽 무릎을 세워 가슴 쪽으로, 발을 최대한 엉덩이 쪽으로 끌어오려 하지만 윗몸이 널빤지처럼 뻣뻣이 서 있는 데다 다리를 들다 보면 결국은 허리가 구부러진 자세가 되다 보니 역시 통증이 따른다. 결국 허벅지와 몸통이… 직각보다는 작을 테니 대략 6, 70도 정도 되려나, 이 정도가 한계. 뭐 이대로도 손이 발에 닿기는 한다. 모처럼 팔이 긴 덕을 본다. 그러나 고개는 숙일 수 없다. 고개를 숙이면 통증을 수반한 근육의 움직임이 따라온다. 목에서부터 허리까지 이어지는 근육은, 지금의 자세를 양말이 무사히 발에 씌워질 때까지 유지하는 데만 써야 한다. 한시라도 집중력이 흐트러져 자세가 무너지면 이 모든 과정을 처음부터 다시 해야 하니까. 앉는다. 양말을 손 옆에 놓는다. 천천히 한쪽 무릎을 세운다. 발이 손에 닿는 데까지 오면 눈은 허공을 향한 채로 손만 더듬어 양말을 발에 씌운다. 다행히 한번 만에 성공이다. 이제 한쪽 발만 남았다. 양말을 손 옆에 놓는다. 천천히 한쪽 무릎을 세운다. 발이 손에 닿는 데까지 오면 눈은 허공을 향한 채로 손만 더듬어 양말을 발에 씌운다. 왼쪽 오른쪽의 구분이 있는 양말을 거꾸로 신었다거나, 양말에 미처 발견 못 한 구멍이 나 있다거나 하는 무서운 상상은 하지 말자. 그랬다가는 양말이라는 물건의 존재 이유에 대해 사유해야 할 판이니까.

아파 봐야 고마움을 안다고. 인간의 몸은 무수히 많은 세포와 근육으로 이루어졌지만 무척이나 정교하고 은밀하게 작용하고 있어, 우리는 자기 몸에 어떤 조직들이 있는지 일일이 알지 못한다. 그러다 어느 한 군데가 고장이 나면 그제서야 존재를 깨닫고, 이전까지 아무 불평 없이 작동해 왔음을 고맙게 여기는 거다. 비 오는 날 지하철역 계단에서 엉덩방아를 찧어 봐야 꼬리뼈가 거기 있었음을 알게 되고, 자기의 존재를 지금껏 알리지 않았음에 감사하고, 그 감사를 진즉에 표하지 않았음을 후회한다. (꼬리뼈 부상은 굉장히 오래가고 상당히 불편하지만, 딱히 치료 방법도 없고 어따 하소연하기도 애매하다.)

누워 있을 때는 이 병만 나으면 못할 일이 없을 것 같다. 건강할 때 하지 못한 일들을 후회하고, 게을렀던 나를 꾸짖는다. 낫기만 하면 정말 열심히 살리라 다짐에 다짐을 거듭한다. 물론 대부분은 새해 다짐과 같은 길을 걷는다. 사람의 마음은 몸보다도 적응을 잘하니까. 시련이 지나가기만 하면 고마움을 절대 잊지 않으리라 다짐하는 건 어디까지나 시련 아래 있을 때의 얘기다. 평범한 일상 위에 있는 우리는 지루함만을 느낄 뿐이다. 평범에서 다행과 고마움을 건져 내는 사람은 극히 드물다.

나는 보통의 힘을 믿는다. 보통으로 살아간다는 게 얼마나 어려운 일인지 안다. 보통에 못 미치는 삶을 살아 보기도 했고, 그 시간들을 잊지 않고 있기 때문이다. 어릴 때부터 썩 건강한 편은 아니었다. 큰병이나 사고를 겪지는 않았지만 늘 몸 한 군데가 아팠다. 하루라도 안 아픈 날이 있었으면 좋겠다고 생각할 정도였다. 감기 한 번 안 걸려 봤다는 신체 건강한 친구들이 그렇게 부러울 수 없었다. 내가 그들의 입장이라면 세상 못할 게 없을 것 같았다.

그러나 사람은 여간해서는 변하지 않는다. 좀 움직일 만하면 매일 운동하리라던 다짐은 냉동실에 넣어 버리고, 같은 실수와 후회를 반복한다. 디스크 역시 반복된다.

손빨래를 안 한 지 오래되었다. 세수도 힘든데 빨래는 언감생심이다. 나는 빨래에 집착을 부리는 편이다. 꼭 있어야 할 가전제품으로 냉장고보다 세탁기를 먼저 꼽으니, 이만하면 알 거다. 좀 과장하면 샤워하듯 세탁기를 돌린다. 그런데 세탁기에만 맡겨선 빨래가 잘되지 않는다. 손으로 빨아야만 하는 빨래가 있다. 그러나 지금은 비상사태다. 찜찜함까지 함께 뚤

똘 말아 전부 세탁기에 던져넣는다. 허리가 좀 괜찮아지면 빨랫비누에 감사하며 매일 빨래를 하리라 다짐하면서.

깨끗하게 빤 빨래를 꾹꾹 짜고 팡팡 털어서 햇볕에 널 때의 느낌과 바꿀 수 있는 상쾌함은 별로 없을 거다. 몇 년 만에 반지하 셋방에서 이사 나왔을 때, 빨랫줄에서 나부끼는 빨래를 눈부시게 바라보며 한참을 앉아 있곤 했다. 아파트 베란다에서는 아맹해도 그 맛이 안 살아 아쉬웠다. 제주 시골집으로 이사 왔을 때 제일 먼저 산 게 세탁기였고, 빨랫줄을 나무에 묶으며 기뻐했다. 그런데 막상 살아 보니 밖에 빨래를 널어 말릴 수 있는 날이 많지는 않다. 섬 날씨는 늘 습하고 무시로 비가 온다. 바람 센 날은 빨래집게는 고사하고 2리터 삼다수병 네 개로 눌러놓은 건조대도 통째로 뒤집혀 날아간다.

어떤 결핍에서 연유한 빨래 집착인지는 모르겠으나, 빨래하는 꿈과 하늘 아래 빨래가 펄럭이는 꿈을 많이 꾸는 나는, 널어놓은 빨래만 보면 기분이 좋다. 햇볕에 빨래를 널어 말리는 풍경만큼 평범하고 평화로운 풍경도 없다고 생각한다. 세상에는 맘 놓고 빨래를 널 수 있는, 보통의 생활을 하지 못하는 사람도 많다. 그래서 나는 햇볕에 몸을 말리는 양말과, 함께 말라가는 생선이 참 고맙다.

2017. 12. 신천리

쓸모없는 것들을 위하여

❖

이 집을 본 순간 내 머리에 떠오른 첫 문장은《옛날에 내가 죽은 집》이었다. 히가시노 게이고의 책 제목인데, 제목뿐만 아니라 책의 내용도 이 집과는 아무런 상관관계가 없다. 뭔가 이 집에서 연상될 법한 장면이 책 속에 있었던가 기억을 뒤져 보았지만 떠오르는 건 없었다. 포커스가 어긋난 기시감인 모양이라고 생각하긴 했으나, 아무리 보아도 처음 보는 집 같지가 않다. 왜, 그럴 때 있지 않나. 처음 와 본 동네의 처음 온 집인데 기억에서 솟아난 양 아무래도 낯이 익은, 그런.

내가 상상했던 '옛날에 내가 죽은 집'의 그림과 이 집의 분위기가 맞아떨어졌을지도 모른다. 십중팔구 그럴 테지만, 예사 기시감과는 확연히 다른 느낌에 어쩌면 다른 책이었을지도 모르겠다고, 머릿속의 다른 서랍을 내처 뒤져 보았다.

그랬더니 이번엔 또《앵무새 죽이기》라는 제목이 떠올랐다. 이건 또 무슨 곡절? 설마 빈집 터에서 울어 대고 있는 가메기(까마귀) 소리에 자극을 받아 의식이 앵무새로 옮겨간 건 아닐

텐데, 왜냐하면 까마귀와 앵무새 소리는 비슷하지도 않으니까. 같은 새라는 공통점밖에 없잖아. 게다가 제목에 새가 들어가는 책이야 그밖에도 얼마든지 있는데. 생각이 내가 조종하는 방향으로만 굴러가는 게 아니라는 것쯤 질리도록 잘 알지만, 도무지 종잡을 수가 없었다.

사람이 떠난 외딴집에 나무와 동물만 살아 움직인다는 그림은 내가 종종 그리는 장면이긴 하다. 몽상의 숲을 거닐 때 나는, 빈집과 나무, 우연히 그곳에 도착해 머무는 내 모습을 떠올려볼 때가 있다. 자주 꾸는 꿈 중의 하나이기도 하다.

빈집, 외딴집을 그리는 내 상상과 이 집이 어지간히 닮기는 한 모양이다. 그 책들을 볼 때도 이런 집을 그려 봤던 걸까… 나는 날이 저물도록 이 집에 머물렀다. 집 전체를 덮은 담쟁이처럼 뻗어 나가는 상념들을 굳이 누르려고 하지 않았다. 집을 바라보며 맘 놓고 집에 대한 꿈을 꾸었다.

나는 어떤 계기로 책 하나에 꽂히면 이미 읽었던 책이라도 다시 읽는 버릇이 있다. 책에 나왔던 말이나 장면이 생각날 듯 생각나지 않을 때는 그 페이지를 찾아내야만 직성이 풀리는

데, 그러다가 아예 처음부터 다시 읽기도 한다. 워낙 좋은 책, 좋아하는 책이 많기 때문이다. 읽을 때마다 새롭고 읽을수록 좋은 게 명작이므로, 좋아하는 책을 여러 번 읽는 건 놓칠 수 없는 독서의 즐거움 중 하나다. 이날 밤 나는《앵무새 죽이기》를 꺼내 들었다.

제목은 같지만 이 책은 열일곱 살에 내가 읽었던 그《앵무새 죽이기》가 아니다. 그때는 1992년이었고, 이 책은 2015년에 나왔다. 게다가 그때는 몰랐던 사실인데, 이 책의 정식 출간은 2003년이었다고 한다. 그보다 11년 전에 내가 읽었던 책은 해적판이었던 걸까. 그 책은 지금보다 컸고 앵무새 도안이 그려진 연한 색(벚꽃색이었던 것 같다.) 표지였다. 검정 표지 책의 첫 문장을 읽자마자 위화감이 훅 드는데, 문체 탓이다. 전에 내가 읽었던 건 평어체였다. 지금 책에서는 여덟 살 스카웃이 경어체로 말하고 있다. 인물의 이름도 조금씩 다르고 번역 자체가 전반적으로 다르다. 문장 하나하나 일일이 기억하는 건 아니지만 다르다는 걸 확실히 알 수 있다. 게다가 제목의 앵무새도 사실은 지빠귀류의 전혀 다른 새라고 하니 제목의 의미조차 내가 알던 것과 다르다. 한 마디로 이 책은 이십육 년 전에 내가 읽었던 책과는 원전만 같을 뿐 전혀 다른 책이다.

당시에 꽤 재미있게 읽었다는 사실과 큰 줄거리 말고는 기억나는 게 거의 없다. 이건 뭐 결국 처음 읽는 셈이라고 생각하며 펴들었는데, 첫 문장에서 느낀 위화감은 갑작스레 통한 전기처럼 나를 놀라게 했다. 순식간에 몸 전체가 책 속으로 빨려 들어가는 느낌이랄까. 과장이 아니라 정말 그런 기분이 들었다.

아직 전기가 남아 얼얼한 상태로 이미 읽어 내려가고 있었다. 책장을 넘기기 시작하니 이십육 년 전 《앵무새 죽이기》를 읽던 순간은 빠른 속도로 소환되었다. 책을 읽던 교실, 팔꿈치에 닿던 책상 나무의 감촉, 책장을 손끝으로 비비면 새콤하게 올라오던 새 책의 종이 냄새, 뒷자리 친구와 나눴던 이야기들이 소록소록 떠오르는 거다. 그 친구는 아버지가 비현실적으로 완벽하다고 했다. 화자인 여자아이가 짜증 난다고 했다. 볼이 빨갛게 흥분해서 말하던 그 애의 표정과, 창으로 들어온 바람에 풀썩풀썩 날리던 교복깃까지 어떻게 이리도 또렷한지. 스토리의 진행 속도를 훌쩍 뛰어넘어 쏟아지는 환기에 멀미가 났다. 잠시 책을 내려놓았다.

생각을 해야 했다. 이 상황이 도통 이해가 안 간다. 이런 환기가 가능한 건가? 이토록 생생하게 떠오르는 이것이, 진짜 나의 기억인가? 지금 이 책은 이십육 년 전의 그 책과는 전혀 다른 책이란 말이다.

전혀 다르다. 전혀 다르지만 같은 곳을 지나고 있는 거다. 같은 중심을 꿰뚫고 지나는 두 개의 이야기이다. 그 중심이 무엇인지는 모른다. 진리일 수도 신념일 수도 언어로 정의할 수 없는 관념일 수도 있겠지. 무엇이라고 부르건, 우리는 무시로 그것을 지난다. 다른 시간에 같은 공간을 지났던 존재가 그 공간의 기억을 안고 다른 공간의 같은 시간에서 만났을 때. 그 존재에 새겨진 공간의 기억 같은.

우리가 세상을 인지하고 기억하는 건 하나의 차원에서가 아니다. 그러니까, 세상을 눈만이 아닌 모든 감각으로 보고, 인지하고, 기억한다. 인식하지 못하더라도 모든 감각의 정보들이 새겨진 총체로서의 기억이다. 같은 중심을 지나왔다면, 그 하나만으로도 멀리 있는 이야기들을 불러올 수 있다는 거다. 기억이란, 하나의 그릇에만 담을 수 있는 물질이 아니다. 한두 가지쯤 잊어도, 눈으로 보거나 귀로 들은 정보를 잊더라도 냄새나 촉감만으로 기억을 소환할 수도 있다. 작가는 이를 소설이 끝나갈 무렵 몇 문장으로 간단히 표현한다.

화자인 스카웃은 한여름의 법정에서 겨울의 한기를 느끼고 몸이 덜덜 떨리는 경험을 한다. 무더위에 김이 모락모락 피어오르는 여름밤에, 입김이 나는 겨울 아침의 추위를 느낀다. 스카웃은 순식간에 지난겨울 어느 아침의 길거리로 돌아가 '그날 그곳'을 보고, 소리를 듣고, 공기를 느낀다. 지금 눈앞에 서 있는 테이트 아저씨가, 금방이라도 그때 했던 말을 다시 할 것 같아 숨을 죽이고 지켜본다.

아직 어린 스카웃은 모른다. 무엇이 지난 경험을 떠오르게 했으며, 지금의 경험은 어떤 의미인지. 왜인지는 모르지만 지금 느끼는 감각에 집중한다. 아직 머리로는 이해할 수 없지만, 자기에게 크고 중요한 경험이라는 걸 본능적으로 알고, 감각을 한껏 열어 최대한으로 정보를 모아 저장해 두는 거다.

'말로 표현하기 어렵지만' 큰 울림이 있는 경험. 이런 경험들을 몇 마디 말로 이해하고 정리할 수는 없지만, 기억은 감각에 새겨진다. 내가 느낀 기시감도 이런 거였다. 처음 본 집에서 기억을 떠올리게 하고, 이 소설을 생각나게 하고 다시 읽게 만든 건. 나는 인지하지 못했지만, 빈집에 도착한 순간 중첩된 시간이, 연결되지 않은 듯 보이지만 연결되어 있는 기억들을 불러온 것이었다. 순간 가메기 울음소리가 들렸다.

이후로 다시 이 집을 찾아가 보지는 않았다. 어쩌면 지금은 헐리거나 다른 모습으로 바뀌어 있을지도 모르겠다. 물론 내 기억 속에선 언제나 사진처럼 빈집이다. 가끔 사진을 볼 때마다 한번 가볼까 생각한다.

빈집. 몇 편의 시에 대한 추억 때문에도 그렇고, 가끔 꾸는 꿈 때문에도 나는 빈집을 좋아한다. 사람은 없고 사람 아닌 것들만 살아있는 집을 보면, 바랜 사진을 보듯 애잔하기도 하다. 그래서 나는 빈집을 보면 자꾸 서성인다. 한참을 낮꿈을 꾸며 머물곤 한다.

빈집은 어쩌면 《앵무새 죽이기》의 앵무새 같은 건지도 모르겠다. 내 눈에는 퍽 아름다워 보이기도 하지만, 누구의 눈에나 그렇지는 않을 거다. 기억이 쌓여 있다는 것 외에는 당장 쓸모가 없다. 곧 사라질지도 모른다는 위태로움은 쓸모없는 것들을 아름답게 만들기도 하지만, 오래가지는 못한다. 우리는 쓸모없는 것들이 세상의 한 부분을 차지하고 있는 걸 내버려두지 않는다. 우리는 '쓸모'에 가치를 몰아주고, 가치 없는 것들에는 관대하지 않다. 살아있는 존재조차 쓸모를 평가하기에 이르러, 쓸모없는 존재는 살아있을 가치가 없다고 한다. 정말 그런가? 쓸모없는 것들은 모두 사라져야만 할까?

하퍼 리는 말한다. 쓸모없는 것을 살려 두는 게 진짜 용기라고.

내가 용기 있는 사람이라고 말하려는 건 아니다. 한번 상상해 보자는 거다. 빈집이 모두 사라진 세상, 앵무새가 울지 않는 세상이 좋은 세상일지.

나는 여전히 빈집을 좋아하고 빈집에 끌린다. 빈집이 쓸모없는 존재이기 때문이다. 이미 지나가 버린 쓸모없는 시간과 쓸모없는 공간이기 때문이다. 나는 쓸모없는 시간이 기억과 꿈이 되고, 쓸모없는 공간이 다른 공간을 불러오고, 아름다운 공간과 시간으로 변하는 마법이 좋다.

쓸모없는 것의 아름다움이 어쩌면 진짜 아름다움 아니겠는가.

2018. 1. 수산리

멍들이다
다시 내 눈에 좋은 사진

❖

뭐해?

참 많이 듣는 말이다. 내가 하루에, 대면으로든 비대면으로든 종일 아무도 만나지 않은 날을 제외한 어느 날에, 하루 동안 들은 말을 횟수로 따져 보면 으뜸 아니면 버금은 될 거다. 안녕이란 말보다도 많이 듣는 것 같다.

안녕만큼이나, 밥 먹었냐는 말만큼이나 많이 쓰는 인사말이긴 하다. 지금 뭐해? 요즘 뭐하고 지내?

게다가 아맹해도 지금 나는 뭔가 눈에 띄는, 머리 위에 물음표를 띄우고 있는 모양새인가 보다. 나는 지금 길바닥 한복판에 앉아 있다. 목적이 불분명한 모습으로-그러니까 뭘 하는 건 아니고 그냥 앉아 있다는 말이다.

뭐햄수꽈(뭐하세요)?

툭 툭 날아오는 말들. 삼춘들이 그냥 지나칠 리 없다. 괜한 오해를 사거나 방해받고 싶지 않아서 나는 뭐라도 하는 양 카메라니 노트니 폰을 손에 들고 있지만, 그것만으로는 설명이 되지 않는 모양이다. 아무렴. 바닷가, 숲길도 아니고 의자나 댓돌도 아닌, '그냥' 길바닥에 아무렇게나 앉아 있으니. 나라도 수상하게 볼 것 같다.

멍때려요.

백중 구십오 번 이상 내 입에서 나올 게 틀림없는 말이다.

대답이 안 된 모양이다. 수상쩍은 인간을 째려보는 눈가가 더욱 가늘어졌다. 자, 이제 어떡한다?

나는 일단 자리를 피하기로 한다. 그 전에 '내 눈에 좋은 사진'을 몇 장 찍는다. 몇 장이라고는 해도 수십 장 중의 몇 장이다. 시간이 꽤나 걸린다. 결국 반나절을 여기서 보낸다.

이렇게 해서 내 눈에 좋은 사진이 또 한 장 만들어졌다. 어디다 쓸 데도 없다. 애초에 어디에 쓰려고 찍지도 않았다. 하지만 나는 이 사진이 좋다. 문제는 어디가 어떻게 좋은지, 왜 좋은지 도대체 설명할 수가 없다는 거다.

나는 이 벽이, 담벼락의 담쟁이가, 담 너머의 나뭇가지가, 벽의 금이, 이 모든 선들이 좋다. 아는 사람은 알지만, 나는 담벼락의 담쟁이만 보면 도마뱀처럼 달라붙어 떠날 줄을 모른

다. 안타까운 건 내가 좋아해 마지않는 이 풍경을, 왜 좋은지 설명해 줄 수 있는 사진을 아직 찍지 못했다는 거다. 그러나 언젠가 한 번은 올 테지. 지금 내가 할 수 있는 건 그날이 올 때까지 계속 찾고, 바라보고, 담아 두기. 그뿐이다.

사진 전공도 아니고 남들이 알아줄 만한 경력을 쌓지도 못했다고 이미 고백한 나다. 스스로 납득할 만한 사진을 척척 찍어 낼 레벨이 아닌지라 눈에 뛰어드는 풍경을 보면 멈춰 설밖에 도리가 없다. 그렇다면 말로 표현하면 될 게 아니냐고, 물색없는 말로 속을 긁지는 말아 주시길. 말은 눈보다 느리고 글은 손보다 느릴진대 영감만으로 한 편의 시가 될 리는 더더욱 없다.

그렇게 오늘도 길바닥에 서 있다. 뭐해? 당신은 묻는다. 이제는 멍때린다고 답을 할 수가 없다. 그래서는 이 이야기가 끝나지 않으니까.

대신 이렇게 말하기로 했다. 멍들인다고.

그러니까 눈으로 사진을 찍는다는 말.

오래 바라본다는 말.

지금의 '멍때린다'는 말만큼이나 흔히 쓰던 '시간 죽이기'라는 말도 있다. 다소 폭력적이고 자조적인 느낌이 들어 썩 맘에 들지는 않는다. 게다가 나는 무엇도 죽이고 있지 않다. 나는 멍들이고 있다. 이 풍경을, 이 공간을, 이 냄새를, 지금을. 오래 걸리지만, 오래일수록 좋다. 초등학교 때 감광지에 물체의 그림자를 찍던 기억을 가진 당신들이 있을 것이다. 빛을 붙드는 기술이 부족했던 시절의 카메라는 한 장의 사진을 만들기 위해 종일의 시간이 필요했다.

내 몸은 초창기의 카메라만큼이나 반응이 느린 카메라다. 아주 천천히, 빛 한 방울 한 방울씩 눈앞의 풍경을 내 몸에 옮겨 넣는다.

나는 이를 멍들인다고 말해 보고 싶다. '들이다'라는 말은 얼마나 애틋한 말인가. 대상을 오롯이 받아'들일' 때, 우리는 그 색에, 분위기에, 사람에, 풍경에 물들고, 길든다. 나는 지금 이 순간의 풍경, 빛과 색, 시간과 공간을 내 몸에 들이고 있다. 순간을 강조하는 '찍다'라는 표현보다 느리게. 나 좋을 대로 난폭하게 찍어 내지 않고 풍경이 제 속도로 내게 오도록 기다리고 있다.

뭐햄수꽈?

멍들이고 이수다.

2016. 5. 토평동

시월의 벚꽃 한여름의 눈

❖

한여름에 눈이 오는 걸 보는 게 소원이라고 종종 말한다. 순록이 끄는 썰매를 타고 날아가는 산타클로스가 보고 싶어, 졸린 눈을 비비며 겨울 밤하늘을 응시하던 아이가 성인이 되었으니 어쩌면 당연하달까. 성당에서 기도 중에 몰래 실눈을 뜨고 천장을 바라보곤 했다. 한 번쯤은 천사와 눈이 마주치지 않을까 싶어서였다. 성공 여부가 궁금하다면, 여전히 한여름의 화이트 크리스마스를 꿈꾸고 있다는 말로 대신하겠다. 한여름의 크리스마스가 그리 좋으면 오스트레일리아에 가면 되지 않냐는 말로 맥빠지게 하지 말아 주시길. 팔월의 크리스마스가 궁금하지 않은 건 아니지만 지금 이야기의 맥락은 그게 아니니까.

나는 늘 일상의 판타지를 꿈꾼다. 꿈, 환상, 일상의 마술everyday magic. 누구나 마법사가 될 수는 없지만, 우리에게는 상상력이라는 무기가 있다. 세상을 살 만한 곳으로 만들기 위해서는 상상력이라는 마술 지팡이가 절대적으로 필요하다. 그리고 또 하나. 일상을 판타지로 만드는 건 잘 만든 농담이다. 농담이 없는 세상이란? 상상하고 싶지도 않다.

어느 날 오일장에 가던 길이었다. 꽃이 활짝 핀 벚나무길에 들어섰다. 이건 또 무슨 농담인가, 웃음이 터졌다. 난분분한 꽃잎이야 곱닥하기(예쁘기) 그지없지만, 이때는 시월 중순이었기 때문이다. 날씨만 좀 따뜻했다면 말로만 듣던 인디언 섬머를 눈으로 확인한 셈이 될 터였다. 그러나 이날은 유독 흐리고 추웠다. 패딩점퍼 목깃에 머리를 한껏 파묻고 걷다가, 발끝에 떨어지는 흰 꽃잎이 눈인 줄만 알고 추물락했던(화들짝 놀랐었던) 거다. 그 정도로 추운 날이었다. 고개를 들어 보니 아무리 봐도 눈이 아니라 꽃이다. 하다못해 해가 바뀐 일월에 꽃이 피었다면 따뜻한 날씨에 일찍 나온 모양이라고 생각했을 텐데, 꽃이 진 지 육 개월밖에 안 되어 다시 핀 건 아맹해도 두렁청했다. 추운 날씨 탓인지 꽃잎은 환자의 낯빛처럼 파리해 보였다. 어쩐지 무섭다. 웃음이 가셨다.

어제 이런 사진을 찍었다고, 현재 제주특별자치도 서귀포시 위미리의 풍경이라고 얘기해도 사람들은 믿지 않으려 했다.

한 친구는 한두 송이가 철모르고 피는 거야 많이 봤지만, 나무 전체가 꽃 핀 건 좀 아닌 거 같다며, 숫제 나무라는 말투였다.

벚꽃은 사월에 피어야만 한다는 명제를 굳게 새겨넣은 우리의 머리가, 눈이 본 것을 좀처럼 인정하려 하지 않았던 거다. 눈을 의심하고(내 눈이 이상한가?), 나무를 의심하다가(벚나무와 유사한 다른 나무인가?) 급기야는 탓을 남에게로 돌린다. 벚나무가 미쳤다고, 날씨가 미쳤다고, 시절이 하 수상하다고, 세상이 하 수상하다고. 내 머릿속에 박힌 인이 그렇게나 대단하다.

내가 알고 있는 것, 알고 있다고 생각하는 것, 진리라고 믿는 것들은 아무것도 아니었다. 나는 그게 지식이라 생각하고 보물이라도 되는 양 애지중지했지만, 유연함이 없는 지식이란 허상에 불과했고, 아무도 믿지 않는 어설픈 농담일 뿐이었다. 실패한 농담은 시련일 뿐이다. 그것으로는 아무 데도 가지 못한다.

위미리 벚나무에게는 그때 꽃을 피워야 할 절실한 이유가 있었을지도 모른다. 꼭 만나야 할 이가 있어 무리를 했을 수도 있다. 누구에게나 사정이 있다. 이유라는 게 인간에게만 있겠는가. 누군가를 반가이 맞이하거나 아쉽게 배웅하는 인사이거나 축복과 감사의 몸짓일 수도 있었던 거다. 유머 감각 없는 인간들이 그걸 곧이 보지 못하고 미쳤다고 매도해 버렸다. 나의 오만이 부끄럽고 나무에게 미안했다.

농담을 농담으로 받아들이기 위해서는 유머 감각이 필요하다. 결국, 살아가는 데 가장 중요한 건 유머 감각이다. 유머 감각이 진지함의 반대 극점에 있는 거라고 착각하면 곤란하다. 둘을 억지로 나누어 진지함 쪽에만 가치와 무게를 두고, 유머 감각은 가볍고 부박한 것으로 취급해 버리는 삶이란 온기도 물기도 없다. 가즈오 이시구로의《남아 있는 나날》의 집사 스티븐스가 돌아보는 나날은 바로 그런 삶이었다. 스티븐스는 진지함이 지나쳐 의무 외의 모든 것들을 삶에서 배제해 버린 사람이다. 그는 농담을 터무니없는 의무라고 여겼다. 농담마저도 의무 안에 집어넣어 버릴 정도로 융통성 없는 그였지만 터무니없는 의무도 의무이기는 해서, 빈약한 유머 감각으로 농담을 연습하느라 애를 먹는다. 남아 있는 나날이 얼마 되지 않는 황혼기, 지나간 나날을 돌아보는 여행 끝에 그는 '농담을 주고받는 것이 인간의 따뜻함을 느끼는 열쇠'라는 걸 깨닫는다. '새로운 각오로 연습에 임'할 것을 다짐할 정도로 유연함은 여전히 부족하지만, 그런 그를 보며 우리는 웃음이 터진다. 웃음이 없는 그가, 다른 이들을 웃게 하는 법을 자기도 모르게 터득한 것이다. 이렇듯 유머 감각은 소설 속 사람의 온기마저도 느낄 수 있게 한다.

마술사 최현우가 한국 남자들 앞에서는 마술하기 정말 어렵다고 말한 적이 있다. 절대로 속지 않으리라, 속임수를 밝혀내고 말리라며 팔짱을 끼고 본다는 거다. 닥친 문제를 풀어야만 하는 인생을 살아가는 데 익숙해진 나머지, 우리는 쇼를 쇼답게 즐기지도 못하는 바보가 되어 버렸다. 마술을 완성하는 건 관객의 상상력과 유머 감각이다. 판타지가 일상에 널려 있다 한들 내가 알아차리지 못하면 소용이 없다. 나는 매일 스티븐스 집사가 되어 농담의 기술을 연습한다. 한여름의 눈을 아직은 포기하고 싶지 않기 때문이다.

2019. 10. 위미리

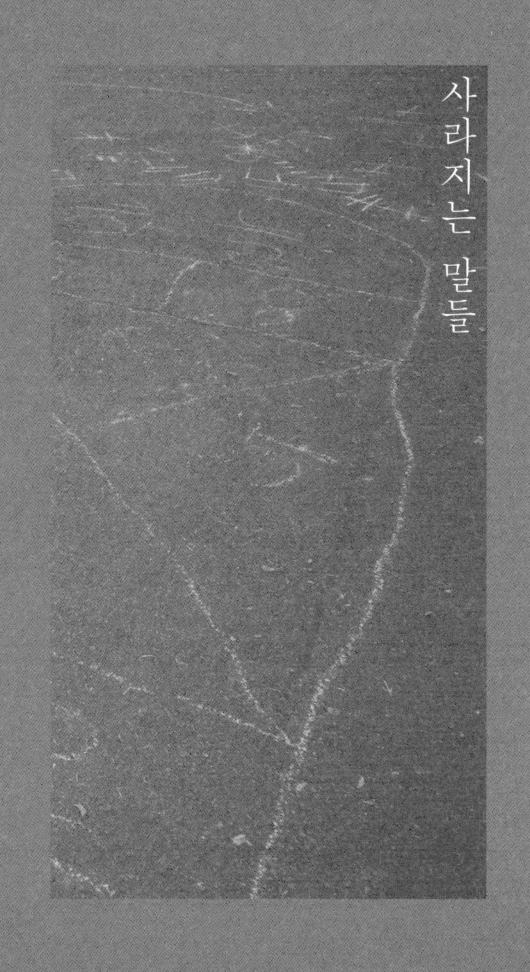

사라지는 말들

❖

초등학생들과 수업 중에 놀이에 대한 이야기를 한 적이 있다.

그때 아이들이 사방치기라는 이름을 처음 듣는다고 해서 좀 놀랐다. 사진을 보여주니 "이건 땅따먹기잖아요!" 한다. 알고 보니 어떤 지역에서는 사방치기를 땅따먹기라고 부르기도 하는 모양이다. 놀이의 이름과 룰은 동네마다 다른 법이니까. 내가 코흘리개 시절을 보낸 성남시 중원구 상대원3동 종점 앞 골목에서는 일이삼사라고 불렀다.

그나마 사방치기는, 좀 다르게 부를지언정 요즘 아이들도 가끔 하는 놀이인지 처음 본다는 아이는 없었다. 비석치기니 말뚝박기 같은 건 들어본 적도 없다고 했다. "돈까스 놀이나 오징어 달구지는?" 와, 웃음이 터졌다. "ㅍㅎㅎㅎㅎㅎ 그게 뭐예요, 선생님!?~~"

요즘 아이들은 밖에서 뛰어놀지 않는다. 마을길은 모두 찻길과 주차장으로 쓰이고 있으니 좁고 위험하다. 몸을 움직이

는 놀이를 하려면 시설이 갖춰진 공원까지 가야 한다. 변변한 운동장이나 놀이터는 없었어도 온 동네 골목을 다 운동장으로 삼았던 우리 어릴 적의 놀이가 사라져 가는 건 당연한 일이다.

놀이가 사라지는 것도 아쉽지만 말이 사라져 가는 게 한층 아쉽다. 존재 자체가 사라지는 데야, 말의 소멸을 막을 방법은 없다.

언어와 표현의 부족을 늘 사무치게 체감하는 글 쓰는 사람으로서, 그러잖아도 부족한 말이 하나둘 줄어들기까지 하는 게 못내 안타까운 거다.

물론 사라지는 말만큼이나 새로 생기는 말들도 많다. 그러나 새 말이 옛말의 빈자리를 채운다고 해서 옛말에 업혀 있는 추억까지 채울 수는 없다. 말에는 사람의 이야기와 기억, 문화와 역사가 담겨 있는 것이다. 말이 사라지면 이야기와 문화도 함께 사라진다.

바지랑대라는 말이 생각나지 않아서 며칠을 답답함 속에 보낸 적이 있다. 만나는 사람마다 붙잡고 물었다. "빨랫줄 처지지 말라고 막대기로 받쳐 놓잖아요, 그걸 뭐라고 하죠?” 맞아맞아, 옛날엔 다 그랬었지, 잘못해서 빨래가 땅에 끌리게 했다가 엄마한테 죽도록 혼났지, 겨울엔 빨래가 꽝꽝 얼기도 했었잖아, 추억 얘기가 한바탕 신나게 펼쳐지곤 했지만, 바지랑대라는 이름을 기억하는 이는 아무도 없었다.

기억력이 나빠진 게 아니라 잘 쓰지 않기 때문이다. 요즘은 다들 빨래를 건조기에 넣어 돌리거나 건조대에 널어 말린다. 오래된 시골집이 아니고서야 마당도 빨랫줄도 구경하기 힘들다. 그러니 바지랑대는 말할 것도 없다. 머잖아 죽은 말이 되지 않을까 싶어 아쉽다.

빨랫줄과 바지랑대라는 말이 사라지면 우리가 신나게 주고받은 이야기들도 함께 사라지는 것이다. 내가 바지랑대의 이름을 묻지 않았다면 우리가 언제 그런 이야기들을 하겠는가. 나는 그것이 아쉽다.

존재는 여전하지만, 점점 쓰지 않거나 다른 말에 자리를 내어준 말들도 있다.

땅거미라는 말은 어떤가? 해거름은? 둘 다 해질녘을 묘사하는 말인데 중고생들에게 물어보니 처음 들어본다는 아이들이 많았다. 아이들 중 몇은 개와 늑대의 시간이라는 말은 아는데 해거름이라는 말은 모르겠다고 한다. 요즘은 외국에서 들어온 표현인 개와 늑대의 시간이라는 말을 더 많이 사용하는 모양이다.

엄마 아빠가 즐겨 듣는 노래를 자기도 좋아한다는 한 아이는 노랫말에서 땅거미를 본 적이 있다고 했는데, 나는 이런 말이 반갑고 고맙다. 비록 땅거미가 거미의 일종인 줄 알았다는 우스개가 되었을지언정 그렇게라도 입에 올려주는 게 이 곱닥한(예쁜) 말들의 유통 기한을 늘려 주는 일일 테니.

물론 유행이라는 것도 있지만 말에는 수명이 있다.

말은 집과 비슷하다. 사람이 살지 않는 집이 망가지듯 생각의 집인 말도 사용할수록 수명이 늘고 사용하지 않으면 죽는다.

사람이 안에 살면서 쓸고 닦고 망가뜨리고 망가진 데를 고치며 손때를 계속해서 문질러 줘야 집이 오래가듯, 말도 그렇다. 닦고 고치고 다듬으면서 침을 계속 묻혀 줘야 말이 오래간다. 생소한 표현이던 개와 늑대의 시간이라는 말이 영화와 드라마 제목으로 쓰이면서 이제는 제법 흔한 말이 되었다. 말의 소멸을 막고 수명을 늘리려면 많이 쓰는 수밖에 없다.

나는 지금 글을 쓰는 사람들의 역할이 중요하다고 말하고 있다.

김영하 작가는 한 매체에서 '작가는 말을 수집하는 사람'이라는 말을 했다. 혼자서만 간직하기 위해 말을 수집하는 작가는 없을 것이다. 작가는 자기가 수집한 말들이 사라지지 않도록 세상에 다시 놓아주어야 한다. 그것이 자기가 빚진 말에 대한 예의라고 하겠다.

작가라고 예를 들긴 했지만, 말을 사용하는 우리 모두에게 해당하는 이야기다. 우리는 문학의 언어와 일상의 언어가 따로 존재하는 것처럼 얘기할 때가 있다. 물론 둘의 차이는 있지만, 근본적으로는 같은 말을 사용한다. 문학은 일상에서 언어를 빌려 오고 일상의 언어는 문학에서 배운다.(이 명제는 문학을 예술이라는 말로 바꿔도 성립한다.) 우리가 말을 어떻게 배웠겠는가.

말을 잘하고 싶은데 어휘력이 부족하다는 고등학생의 고민을 들어준 적이 있다. 부모님과 선생님들은 하나같이 책을 많이 읽으라고만 한단다. 물론 어휘력이 늘려면 일단 많이 봐야 한다.

하지만 그보다 중요한 건 써 보는 거다. 보는 것만으로는 말이 늘지 않는다.

나는 책이든 인터넷 기사든 누가 포스팅한 글이든 상관없으니 말을 모아 보라고 했다. 생소한 말이나 멋진 말, 평소에 내가 잘 쓰지 않는 말이 있으면 한두 개 골라 하루가 가기 전에 그 말을 꼭 써 보라고 했다.

이 방법은 어휘력 부족으로 글이 잘 안 써진다고 고민하는 사람들에게도 효과가 있다. 일부러 잘 쓰지 않던 단어를 넣어 문장을 만들어 보는 거다. 많이 써야 말과 글이 늘고, 말의 수명 또한 는다.

사심으로 얘기하는데, 나는 '단디'라는 말이 너무 좋다. 사투리는 가장 빠르게 소멸해 가는 말 중 하나이니, 잘도 아꼬운 이 말이 곧 사라져 버릴까 봐 마음이 조드라진다(애가 탄다). 그래서 나는 '단디'라는 말을 곧잘 쓴다. 사라지는 모든 말을 붙들 수는 없지만 내가 할 수 있는 일은 해 보고 싶은 거다. 단디 하자.

2017. 9. 상가리

마감 후에 쓴 마감에 관한 글

❖

그러니까 나는 아무래도 정리에 대한 강박 비슷한 게 있는 모양이다. 강박의 정도는 조금씩 달라서 어떤 부분에서는 느슨해지기도 하지만 어떤 부분은 날이 갈수록 심해진다. 책은 높이를 맞춰 꽂고 싶고 작가별로 장르별로 모아 두고 싶다. 책장에 빈 공간이 남는 것도 안 내킨다. 컵과 그릇 사이의 간격이 같아야 하고 수저 연필의 방향이 같아야 하고 양념통 음료수 채소 통조림은 비슷한 애들끼리 모여 있어야 하고 이불 티셔츠 양말 수건의 접힌 부분도 같은 방향이어야 한다.

이 정도가 전부라면, 이쯤이야 지저분한 것보다는 낫다고 자위할 수 있다. 문제는 심리적 압박이 있을 때는 강박이 극대화된다는 거다. 약속 시간에 늦었을 때, 모처럼 일이 잘되고 있는데 도서관 문 닫을 시간일 때, 온라인 시험을 치고 있을 때, 그리고, 데드라인.

마감이 말 그대로 내일로 다가왔는데 글은 고사하고 촬영도 못 마쳤다. 밤샘은 이미 확정이고, 일단 촬영이 먼저다. 글은 밤에라도 쓸 수 있으니.

그러나 집을 나서는 것부터가 쉽지 않다. 눈 뜨자마자 박찬 이불은 오늘 하루쯤 개지 않는다고 흉볼 누가 있는 것도 아닌데. 오늘따라 베개에 머리카락은 이추룩이나(이렇게나) 많이 붙어 있담. 간밤에 자료를 찾느라 뒤적거렸던 책을 모두 거둬 차곡차곡 쌓아 두고, 랩탑의 어댑터 선을 똘똘 말아 파우치에 넣는다. 눈 닿는 데마다 떨어져 있는 머리카락 때문에 도무지 진도가 안 나간다. 텀블러를 챙기려니 죄다 주둥이 부분이 설거지가 덜된 것 같고 물자국이 땟자국으로 보인다. 그냥 생수나 한 병 가져가자고 냉장고를 열었더니, 맙소사! 버릴 때가 지난 음식이 무사 이추룩 많은 거(왜 이렇게 많담)? 이 얼룩은 어느 반찬통에서 흘러나온 거래. 아니, 이래서는 끝이 없어, 영원히 집을 벗어나지 못할 거야. 눈 질끈 감고 문을 닫다가 뜯어놓은 우유팩을 떨어뜨리고 만다. 내가 미쳐. 방에서 현관까지 다섯 걸음밖에 안 되는데 한 시간이 되도록 반도 못 갔다. 그동안 걸레를 두 장, 물티슈를 반 통쯤 썼다. 이럴 때마다 365자동화 코너 크기만 한 방에, 골라 입을 만큼의 옷도 없고 화장도

잘 하지 않는 내가 기특해 죽겠다. 반대였으면 어쩔 뻔했나?

스테이지를 하나 클리어하면 더 어려운 판이 기다리고 있는 게 세상이었지. 신호에 걸릴 때마다 물티슈를 부르는 먼지와 얼룩들을 한 눈 한 손으로 문질러 대며 달리는 와중에 다음 빌런이 나타난다. 이름하여 걱정병이다. 갑작스런 사고로 이 길에서 죽음을 맞이한다면? 목적지에 도착하지 못한다면? 집으로 돌아가지 못한다면? 역시 욕실 청소를 마저 끝내고 나왔어야 했어. 나 때문에 펑크 난 원고는 어떻게 되는 걸까? 잡지사에서는 그런 일쯤이야 허다할 테니 대수롭지 않게 처리할 수 있겠지? 완성하지 못한 작업의 자료들은 어떻게 될까, 빌려 읽고 있던 책들은 주인을 찾아갈 수 있을까, 미리 사 둔 생일 선물이 쓸모없게 되면 어쩌지 이름이라도 써둘걸, 이래서 평소에 정리를 잘해 두어야 한다니까… 짐작했겠지만, 라스트 판이 있을 리 없는 이런 류의 망상들은 들어가고 빠져야 할 길을 몇 번이고 놓쳤다가 돌아오기를 반복한 다음에야 겨우겨우 끝이 난다.

자, 이제 끝판왕이 남았다. 밤새 원고를 써야 한다. 그러니까 원고가 아니라, 마감이 초읽기에 들어간 지금 이때, 이백 퍼센트 풀충전된 포텐을 터뜨리는 정리벽이 끝판왕이라는 말이다.

의자에 앉자마자 서랍을 꺼내 뒤집어엎는다. 한 시간이 감쪽같이 사라졌다. 정신줄의 끄트머리를 간신히 부여잡고 자판을 두드리는데 시야의 외곽에 부러진 연필이 들어온다. 다행이다, 손은 아직 자판 위에 머물러 있다. 그러나 안구의 뒤쪽에 달라붙은 연필의 자력 또한 만만치 않다. 써야 할 단어가 도망간 틈을 타 손이 기어이 연필꽂이로 향한다. 연필로 원고를 쓸 것도 아니고 봉투에 주소를 써서 부칠 것도 아닌데, 대체 왜 나는 지금 연필을 깎고 있는가. 아니지, 계속 신경 쓰일 게 뻔한 데 그냥 빨리 깎아 버리는 게 낫지. 그러지 않으면 더 이상 깎을 연필이 없을 때까지 슴벅거릴 테니까. 나는 화이트 노이즈의 효과를 별로 보지 못하는 사람이라 카페에서는 일이 잘되지 않는다. 그래서 오늘도 이렇게 끝판왕과 전투를 치르고 있는 건데, 이럴 때마다 지금이라도 24시간 카페에 가야 하나 갈등이 된다. 대체 왜 평소에는 너그러이 봐줄 수 있는

먼지가 마감만 되면 용서가 안 된단 말인가. 왜 일이 진전이 안 될 때만 유독 문어발 콘센트가 흉물스러워 보일까. 헝클어진 머릿속 대신 엉킨 플러그를 하나하나 풀었다가 먼지를 닦고 다시 하나하나 꽂는다. 그러게 미리 좀 해 두었으면 될걸, 왜 꼭 닥쳐서 난리굿이냐고? 아는 사람은 안다. 원고는 마감이 쓴다는 걸. 마감이 닥치기 전에는 글이 안 써진다. (물론 그렇지 않은 사람도 세상에는 있을 것이다. 그러나 나는 아직 그런 사람을 한 명도 알지 못하며, 나는 절대 그런 사람이 아니다.)

끝나야 끝이 난다. 마지막의 마지막까지 결코 방심하지 말라는 말이다. 메일이 성공적으로 발송되었는지, 첨부파일에 빠진 건 없는지, 주소는 틀림이 없는지 거푸 확인하고서야 커다란 한숨. 고작 서너 페이지를 채우는 데 이렇게나 피가 말라서야. 허나 어쩌겠나, 워낙에 이렇게 생겨 먹은걸. 몸 전체가 위장으로 변한 듯 엄청난 허기를 느끼며 작업한 글과 사진을 저장한다.

따로 저장해 두어야 할 사진이 있다. 한 초가 급한 발을 붙들고 놓아주지 않던 이 장면. 뭐 그렇다고 진짜로 무덤에 뛰어들 만큼 절박했다는 건 아니다. 마감을 죽음의 선deadline이라고 부른다 한들, 정말로 죽음을 연상하기야 할까. 힘들어 죽겠다, 죽을 것 같다, 는 정도의 과장과 엄살인 게지. 워낙에 무덤만 보면 찍지 않고는 못 배기는 개인 취향일 뿐이다. 거기다 이 길에서 횡사라도 하게 되면 어쩌나 하는 과대망상적 걱정병이 기세를 뻗쳐, 한층 뚜렷하게 망막을 파고들었을 거다.

이 무덤은 어떻 이추룩 길바닥 한가운데 있을까. 무덤의 주인은 무슨 사연이 있어 사방 인적은 고사하고 새소리 벌레소리조차 들리지 않는 데 누웠을까.

괜한 청승 이입은 삼가자. 지금은 허허벌판이지만 전에는 밭이었을 수도, 집터였을 수도 있다. 이런 데 누가 올까 싶은, 보름(바람)만 가득 찬 벌판에 나 역시 이렇게 서 있지 않나. 빈 공간을 상상으로 채우는 데 시간이 걸리는 까닭에 홀로 누운 봉분이 쓸쓸해 보일 뿐이다.

게다가 나는 외딴 데서 만나는 무덤이 반갑다. 숲에서 길을 헤매다 산담과 마주쳤던 기억이 있으신지. 나는 그럴 때마다 그렇게 반갑고 기쁠 수가 없다. 길을 찾는 건 뒷전이고 일단 카메라부터 꺼내고 본다. 이리 보고 저리 보다가 산담에 기대 앉아 쉬곤 한다. 이 무덤엔 무슨 핑계나 사연이 있을런가 멋대로 이런저런 상상을 한다.

산길에서 날이 저물어 무덤가에서 잠을 잤다는 옛날이야기가 많다. 어릴 때는 대체 무슨 소린가, 어떻게 무덤 옆에서 잠이 들 수가 있겠냐고 이상하기만 했다. 세상의 때에 절은 나이가 되고, 죽은 귀신보다 산 사람이 더 무섭다는 걸 알게 된 지금 생각하니 별로 이상할 것 없는 얘기더라. 우선, 무덤 자리는 명당이 많다. 불효자 청개구리가 아닌 담에야 비바람의 해를 덜 입을 만한 양지바른 곳에 무덤을 쓰지 않나. 그걸로도 모자라 바람을 막아 줄 돌담까지 두르니 그 안은 아주 아늑한 공간이 된다. 잘 모르겠다면 용눈이 오름이나 따라비 오름에 있는 산담 옆에 한번 앉아 보시라. 얼마나 전망 좋고 아늑한 곳인지 이해가 될 테니. 이렇게 일견 쓸쓸해 보이면서도 포근한 분위기를 피워 내기도 하는 묘한 매력에 나는 외딴 무덤에 매번 홀려 버리는 거다.

(다른 일로) 촬영 중에 끌리는 피사체를 만날 때가 있다. 아

니, 찾을 때는 죽어라고 보이지 않던 장면이 다른 일로 손발을 멈출 수가 없을 때만 그추룩이나(그렇게나) 보인다. 이를 악물고 다음을 기약하지만, 우리는 안다. 다음이란 없다는 걸. 나는 미리 준비하지 않은 탓에 하늘이 준 기회를 또 하나 날려 버렸다.

그래도 한 장만. 움찔거리는 다리를 바닥에 박으며 멀리서 사진 한 장을 찍었다. 마감에 하루 아니, 한 시간만 여유가 있었어도. 소용없는 후회에 입안이 썼다.

대체 왜 마감 때만 되면 찍고 싶은 대상들이 줄줄이 눈앞을 지나간단 말인가. 쓰고 싶은 말들이 머릿속에서 불을 밝히고 아우성칠 때는 어찌하여 마감에 쫓길 때뿐일까. 꺼져 버린 섬광의 잔상이라도 잡아 보려 사진을 띄워 놓고 몇 문장 두들겨 본다. 탁, 탁, 자판 소리에 매가리라곤 없지만, 외양간이라도 고쳐 놓아야 한다. 다음에도 마감은 돌아오니까.

마감. 어떤 일을 끝냄, 정해진 기한의 끝. '끝'으로부터 삶의 끝, 죽음이라는 말을 연상하여 데드라인이라는 영어 표현이

생겼는지도 모르겠다. 우리 인간은 무엇이든 자기 입장으로, 그러니까 의인화해서 생각하기를 좋아하니까.

나는 데드라인이라는 영어 표현보다 마감이라는 우리말이 훨씬 좋은데, 내가 유난히 한글을 사랑해서는 아니다. 끝을 강조하여 그 너머를 단절해 버리는 죽음의 선이라는 표현보다, 끝에 이르기까지의 시간과, 끝을 내는 사람의 행위를 강조하는 말이 마감이기 때문이다.

모든 일은 언젠가는 끝난다. 원고를 삼백육십오 일 쓸 수는 없고, 사람이 천년만년 살 수도 없다. 그렇다고, 언젠가는 끝날 일이라고 하여 세상만사 대충해 버리면 그만인가? 종종 그런 유혹에 빠지기도 하지만 인생을 늘 그렇게 사는 사람은 없다. 어차피 끝날 인생이라고 대충 사는 사람이 있을 리가. 그보다는 어떤 일이든 끝이 있게 마련이라며 스스로를 격려하고, 과정이 험할지라도 마감만은 잘해 보려 애쓰는 사람이 대부분일 거다. 피니쉬라인이 다가올수록 조급해지는 건, 아니 피니쉬라인이 다가와야만 필사적이 되는 건 그런 까닭이다. 우리는 마감의 중요성을 너무나 잘 알고 있기에, 군더더기 없이 깨끗한 마감을 위해 필사적이 된다.

그리고 그렇게 필사적으로 용을 쓴 탓에, 죽음의 선을 죽지 않고 넘은 후에는 긴장이 풀려 세상 귀찮아진다. 그러나, 그렇더라도 반드시 해 두어야 할 일이 있는데, 이게 또 아이러니하게도 정리다. 자료 정리, 백업과 폴더링.

나는 사진 강의나 글쓰기 강의에서, 가장 중요한 건 백업과 폴더링이라고 말할 때가 있다. 과장이 아니다. 필요한 사진이나 글이 어디에 있는지 찾지 못한다면 그 사진과 글은 없는 거다.

사실 내 컴퓨터는 온갖 잡동사니가 되는대로 쌓여 있는 창고에 가깝다. 정리되지 않은 채 외장하드와 메모리카드 여기저기 흩어져 있는 사진들, 뿔뿔이 흩어져 있는 글 조각과 메모들. 어떤 데이터든 만드는 것만큼 폴더링이 중요한 법인데 이게 참 쉽지 않다. 당장 마감이 급하니 필요한 사진만 꺼내 쓰고 나머지는 나중에 저장해야지, 아무 데고 대충 저장해 두고 다음에 정리해야지, 했다가 잊어버리기 일쑤다. 알고 있지 않은가, 다음은 없다. 갑자기 필요해진 그 사진을 찾아본들 사진은 나오지 않는다. 하드를 모조리 뒤져 찾아낸다고 해도, 많은 시간이 낭비된 후다. 그러니 이미 쌓인 잡동사니 더미까지는 어찌할 수 없더라도, 새 데이터는 필요할 때 찾기 쉽게 폴더링 하고, 원본 손실을 대비해 복사본도 만들어 두어야 한다. 별거 아닌 일이고 그래서 더 실프기도 하지만, 그럴수록 미뤄선 안 된다. 바로 지금 해야 한다.

이게 포인트다. '바로 지금'. 이 얘기만 마치고 이 글도 마감을 하도록 하자.

누구나 마감이 중요하다는 사실도 알고, 찜찜함 1도 없는 깔끔한 마감을 하고 싶어 한다. 올 풀린 스웨터를 입고 싶어 하는 사람이 있을까. 그러나 마음만으로는 좀처럼 안 되는 게 세상일이다. 그럼 어쩌라고. 마감에 닥쳐 허둥거리다 후회만 남기지 않으려면 어떻게 해야 하냐고? 평소에 준비를 잘해 두는 수밖에 도리가 없다. 정리벽이 도져도 죽지 않을 만큼만 지금 정리를 해 두자.

버리고 닦는 것도 정리지만 그것만 말하는 건 아니다. 할 일을 해 두는 것도 정리고, 일의 순서를 정하는 것도 정리다.

그리고 또 한 가지 중요한 게 있다. '바로 지금' 하고 싶은 일을 하는 것.

나중은 없다. 마감은 늘 우리 생각보다 너무 빨리 온다. 기회가 있을 때, 여유가 있을 때 진짜 하고 싶은 일을 해 두어야 하고, 그건 바로 지금이다. 그러지 않으면 닥친 데드라인 때문에 눈물을 흘리며 포기해야 할 일들이 생기고, 하늘이 준 기회를 보내며 땅을 치고 후회하는 일이 생긴다.

대체 무슨 소리냐는 항변은 십 초만 참고, 한 번 생각해 보라. 닥친 마감 때문에, 그토록 찾아 헤매던 장면이 마침내 나타났는데 이를 악물고 보내야 한다면 어떨지, 그 심정에 이입해 보자는 거다. 내가 묻고 싶은 질문은 이거다. 더 후회가 되는 게 최선을 다해 집중하지 못한 마감인가, 끝내 놓쳐 버린 기회인가?

나는 놓쳐 버린 뮤즈 쪽이 백만 번 천만 번 더 사무치게 후회가 된다. 그러니 찍고 싶은 사진이 있다면 지금 찍자. 쓰고 싶은 글이 있다면 지금 당장 쓰자. 긴박한 순간에 찾아온 기회에 잠시 한눈을 팔아도 좋을, 아주 약간의 여유를 확보하기 위하여. 이렇게 만들어 두는 찰나의 여유는 곧 마감을 위한 최고의 준비이기도 하다.

2018. 1. 금악리

불빛은 따스하다

❖

편의점 불빛이 오아시스처럼 보일 때가 있음을, 낯선 곳에서 길을 잃어 본 사람은 알 거다. 프랜차이즈를 그닥 좋아하지 않는 나에게도, 낯선 데서 만나는 낯익은 간판은 어떤 안도감을 준다. 여기도 내가 사는 동네나 마찬가지구나, 비슷한 사람들이 사는 곳이구나, 하는 생각이 드는 거다. 막무가내로 목을 치는 여왕이나 식인 거인이 사는 나라는 아니었던 거다.

낯선 마을의 비는 차가웠다. 입고 있는 자켓은 방수가 되는 옷이고 가방에 비옷도 있었지만 빨리 지붕 있는 곳으로 가고 싶다는 마음뿐이었다. 그리 심한 빗줄기는 아니었다. 다만 집에서 멀리 떨어져 있는 지금은 옷을 적시고 싶지 않았다. 어릴 때는 일부러 비를 맞고 걷기도 많이 했지만, 그건 다 집으로 돌아가는 길이었다. 따뜻한 물에 몸을 담글 수 있고 뽀송뽀송 마른 옷으로 얼른 갈아입을 수 있을 때. 똑같은 상황인데 여행지에선 그게 잘 안 된다. 숙소에서 따뜻한 물에 몸을 담글 수 있고 뽀송뽀송 마른 옷으로 얼른 갈아입을 수 있는데도, 몸을 적시는 비가 시원하고 상쾌하지 않다. 차갑고 귀찮고 공연히 서글프다. 아직 낮이 몇 시간 남았지만 촬영을 더할 마음은 들지 않는다. 일찌감치 숙소를 잡기로 했다.

그런데 길을 잃어버리고 말았다. 보아둔 숙소가 있던 곳으로 죽 걸어왔는데 아무래도 방향을 착각한 모양이다. 별로 큰 마을도 아닌데 골목 골목이 몬딱(죄) 비슷해 헷갈린다. 저기쯤이겠거니 하고 가는 데마다 고팡(창고) 아니면 막다른 곳이었다. 이거야 정말로 앨리스가 된 것 같네. 하지만 어디에서도 토끼가 나타나 길을 가르쳐 주지는 않았다.

차를 세워 둔 주차장이 어느 쪽인지도 가늠할 수가 없어 급기야 '에라 모르겠다' 모드에 접어들었다. 그냥 되는대로 걸었다. 어차피 늦었어, 이미 다 젖었는데 뭐. 마음은 오히려 편해졌는데 이제는 날이 저물고 있었다. 판타스틱! 춥고 배고픈데 어둡기까지. 몇 달 만에 얻은 1박 2일 휴가가 잊지 못할 추억으로 남겠군. 뭐 어쩌면 다행인지도. 이제 하나둘 불이 들어올 테니 어느 쪽이든 불빛을 따라가면 되니까.

정답이었다. 미깡밭 콩밭만 끝없이 이어질 것 같던 길이 돌

연 포장도로로 바뀌더니 큰길이 나왔다. 마을 한 바퀴를 제일 먼 길로만 빙 돌았는지 처음 출발했던 길이 멀지 않았고 몇 집 너머에 내가 찾던 숙소의 간판 불빛도 보였다. 저 가까운 데를 가려고 그렇게 헤매다니. 나는 분명 길치가 아닌데 오늘은 아무래도 뭐에 홀린 것 같다. 아니, 퍽이나 앨리스 흉내를 내고 싶었던 걸까.

어찌 되었건, 맨도롱한(따스한) 불빛을 만나자 안도감에 어깨가 펴졌다. 불빛은 따스하다. 사람이 켜는 불이기 때문이다. 사람이 그곳에 있다는 표시이기 때문이다. 사람의 온기가 불빛을 따라 전해지기 때문이다.

엄마 아빠는 우리 어릴 때, 해지기 전에는 꼭 집에 들어와야 한다고 다짐을 놓곤 했다. 놀이가 한창인 친구들을 등뒤에 두고 돌아갈 때마다, 반은 울며 왜 우리 엄마 아빠만 저렇게 구닥다리인 걸까 원망했더랬다. 부모님은 알았던 게 아닐까. 잠자리가 정해지지 않은 때엔 특히나, 넘어가는 해를 볼 때 밀려오는 향수와 불안을. 낯선 마을의 밤은 더 어둡다. 멀리 보이는 불빛밖에 의지할 데가 없다. 사람의 온기로 따스한 불빛이 여행자의 불안을 어루만져 준다.

사람이 싫다고, 세상이 싫다고 땡깡을 부려 봤자 사람의 온기와 흔적을 내처 확인하지 않으면 한시도 살 수 없음을 깨닫는 날이 있다. 여행은 사람을 성장시킨다는 말은 은유가 아니다. 숲에서 길을 잃어 본 사람은 안다. 아무도 모를 곳에서 녹슬어 가는 깡통이 얼마나 반가운지. 비록 길은 보이지 않지만, 언제 왔다 갔는지도 모르는 사람이 버린 쓰레기만으로 구원받은 기분이 된다는 걸. 흔적만으로도 다른 사람을 살릴 수 있는, 그것이 사람의 온기가 가진 힘이다.

숙소에 거의 다다랐을 때 건물 하나가 눈에 띄었다. 건물이라 해도 좋을지. 천장이며 문은 오래전에 사라지고 돌벽 몇 개만 남았다. 이런 상태로 큰길가에 서 있는 게 신기했지만, 내 마음이 그렇다 보니 이마저도 애틋해 보였다. 여기에도 사람이 있었던 거다. 이 벽 아래서 잠을 자고 꿈을 꾸었을 테지. 그 꿈이 아직 여기에 남아 있는 듯했다. 이제 헤맬 일이 없으니 안심이 된 나는 잠시 꿈에 귀 기울이며 벽 앞에 머물렀다. 나처럼 비 맞은 강생이 한 마리가 어디선가 와서 동무가 되어

주었다.

비행기에서 우리 집을 찾아본 적 있는 사람이 나 말고 또 있는지 모르겠다. 나는 가끔 일부러 불을 켜두고 떠나기도 한다. 그러면 우리 집을 찾을 수 있을까 싶어서이고, 지친 맘을 위로해 줄 불빛을 하나 더 켜 두고 싶어서이다. 내가 남긴 흔적과 온기가 길을 잃은 사람들에게 무사히 가 닿길 바란다.

2016. 4. 가시리

당신의 글쓰기는 나의 길잡이 불빛이다

❖

사진은 왜 찍어? 잊을 만하면 받는 질문이다. 그 말 안에 평가나 비난이 담겨 있진 않나 노심초사하는 건 그들의 탓이 아니다. 그들의 진의가 무엇이든, 그것과는 별도로 스스로에게 해야 했고 해야 하는 질문 아닌가. 단 한 장. 그렇게 말했다. 만약 내가 본 그대로를 단 한 장이라도 담아낼 수 있다면 나는 사진을 그만 찍을 수도 있을 것 같다. 늘 애를 쓰고 기를 쓰지만 내가 찍은 사진은 비슷하지도 않았다. 당연히 쉽게 될 리는 없다. 내가 본 것에 최대한 가깝다고 한들 다른 사람들이 같은 걸 볼 리도 없다. 하지만 그건 상관없다. 나는 그저, 단 한 장만을 찍고 싶다.

자주, 한 곳에서 떠날 줄을 몰랐다. 뭘 그렇게 찍고 있냐는 물음에 어떻게 찍어야 할지 모르겠어, 라는 대답을 돌려주면서. 수백 수천 장을 찍어도 다 실패였다. 그래도 포기가 안 되어서 한나절을 다 보내고, 다음날 또다시 찾아오곤 했다.

실력 있는 사진가 친구들에게 물어보기도 했다. 너라면 이 사진을 어떻게 찍겠어? 이만하면 좋은데 뭐, 아쉬우면 글을 잘 써 붙이면 되잖아? 어리석은 질문에는 엉뚱한 답만 돌아올 뿐이다. 괜한 말을 해서 마음만 더 칙칙해졌다.

나에게 사진과 시가 같은 의미라고 말했던 건 사실이다. 하지만 그건 작업이 나에게 주는 의미와 작업을 할 때의 나의 철학이랄까, 자세를 말한 것이다. 사진과 글이 같다는 말이 전혀 아니다. 그럴 리가 없지 않은가. 사진은 사진이고 글은 글이다.

상당히 닮은 두 언어이긴 하다. 사진과 글은 다른 언어로 같은 말을 하는 두 예술가다. 모든 예술이 그러하긴 하지만, 이 둘은 특히 더 닮았다. 그래서 서로를 채워 줄 수도 있는 거다.

본 그대로를 사진에 담는 게 어렵듯, 느낌 그대로를 글에 담는 것도 미치도록 어려운 일이다. 길을 걷다 어떤 장면을 보고 퍼뜩 영감이 떠올랐다고 하자. 그 영감을 언어로 옮기는 작업이 사진이고, 글이다. 언어 아닌 것을 언어로 옮기는 게 수월할 리 없다.

이쯤 되면 다른 질문이 날아온다. 사실 이 질문을 더 많이

받는다. 그럼 글은 왜 쓰는데?

사진은 왜 찍어? 글은 왜 써? 결국은 남에게 보이려고 하는 거 아니야? 그렇지 않다고 해명해야 할 이유가 있을까. 일정 부분 사실이기도 하고.

왜 쓰는가. 이 질문에도 나는 단 한 줄의 시를 완성하기 위해서, 라고 같은 답을 한다. 이 답을 얻어내기 위해 이삼십 대를 통째로 날려 버렸다. 몰랐기 때문이다. 나는 대체 뭘 쓰겠다고 이렇게 아등바등하는가. 왜, 쓰지 못해 괴로워하며 허섭스레기 같은 쪽지만 잔뜩 만들어 내고 있을까. 한 가지는 확실했다. 말들이, 써내지 않으면 안에서 터져 버릴 것만 같았다. 떠나지 않는 편두통과 위염도, 밖으로 빠져나오지 못하고 막히고 쌓이고 뭉치고 고여서 썩고 있는 말들 때문인 것 같았다. 간신히 끄적인 단어 쪼가리들 역시 내 안의 이미지와는 비슷하지도 않았다. 죄다 헛소리에 쓸데없는 말뿐이었다. 대답 없는 종이를 앞에 두고 우울만 배양했던 비슷비슷한 날들. 버리지 않은 말은 이 한 마디뿐이었다. 단 한 줄. 단 한 줄이면 되는데.

내가 한 장, 한 줄로 족하다고 하는 이유는 사진 한 장과 글 한 줄에 위로받는 게 나고, 인간이기 때문이다. 다만 언어는 불완전하고, 언어를 사용하는 인간은 더욱 불완전하니 0.01의 오차도 없는 완전한 표현이란 불가능하다는 걸 인정하기가 그렇게 어려웠던 거다. 오만에 겨웠던 셈이다. 반면 몰라서 다행이었다. 나는 여전히 단 한 장의 사진, 단 한 줄의 시를 찾고 있으니까.

요즘 나는 두 언어를 함께 사용하면서 서로의 도움을 많이 받는다. 머릿속의 말들을 좀처럼 밖으로 끄집어내지 못하고 끙끙 앓을 때 사진을 꺼내 본다. 불현듯 뇌수에 꽂히는 섬광은 너무 빨리 지나가 버려 붙잡는 건 도저히 무리다. 섬광을 받아 빛나는 사물들을 찍은 사진을 보면서 빛의 흔적을 더듬더듬 찾아가는 거다. 이렇게, 사진과 글은 빛의 기록이자 빛나는 순간의 기록이고, 내가 그 순간 거기에 있었다는 기록이기도 하다.

이런 기록을 왜 남길까? 무엇을 위해서? 그건 우리가 모두 사람이기 때문이다. 사람은 함께 살도록 만들어졌고 물리적으로 떨어져 있다면 서로의 위치를 확인해야 한다. 그래야 살아갈 수 있다.

글을 쓰는 건(사진을 찍는 것도 마찬가지라는 말을 이제는 굳이 붙이지 않아도 될 것이다.) 등대불을 켜는 것과 같다. 등대불은 배에 당도해 길잡이 불빛이 되지만 길을 알려 주는 게 아니다. 등대는 자기의 위치를 알리는 불을 켠다. 사방을 구분할 수 없는 망망대해에서 배는 등대의 위치를 앎으로써 나의 위치를 알게 되고, 서로의 위치를 더듬어 길을 찾는다.

우리는 글을 쓰고, 사진을 찍고, 이야기를 한다. 그럼으로써 내가 여기 있음을 알린다. 세상이라는 망망대해에서 길을 잃지 않기 위해서. 당신의 위치를 알리는 불빛이 나에게 도달해 길잡이 불빛이 된다.

그래서 당신의 사진 한 장과 글 한 줄이 나에게 위로가 되는 것이다. 그것을 위해서 우리는 사진을 찍고 글을 쓴다.

2017. 7. 화북동

당신의 풍경 나의 시

첫 책을 낸 후 '풍경은 어떻게 시가 될까요?'라는 주제로 북토크를 한 적이 있다. 나는 풍경이 가진 힘을 믿는 사람이다. 풍경에 사람의 마음을 움직이는 힘이 없다면, 시든 마음에 물을 주고 쓸린 속살갗을 덮어 주는 힘이 없다면, 우리에게 여행이 그토록 절실할 리 없으며 매일 보는 노을이 감동을 줄 리 없다. 너무나 바쁜 지금의 우리는 하늘과 바다가 아무리 아름다운들 눈길 하나 주지 않을 것이다. 그러나 나는, 당신은 어떤가?

어느 날. 시가 내 눈에 뛰어들었다. 그것은 아무렇지 않은 풍경이었다. 별다를 것 없이 흔한 풍경을 보겠다고 멈춰서는, 고속도로나 다름없는 평화로에서 차를 세우는 미친 인간이 있을 리 없었다.

그게 나였다. 평화로에서 차를 세운 미친년.

그때였다. 묻어 두었던 꿈과 마주친 순간. 나는 비상 주차대에 세운 차 위로 기어 올라갔다. 눈보라가 뺨을 치고 바람 소리가 귀를 찢었다. 아무리 다리에 힘을 줘 버티려 해도 발은 계속 미끄러졌고 차를 통째로 흔드는 강풍에 카메라를 잡고 있는 것조차 힘들었지만 셔터를 계속 눌렀다. 이 풍경을 그냥 두고 갈 수 없었다. 고스란히 담아갈 수 없다는 걸 알고 있었다. 눈알을 뽑아 이 풍경을 찍어 낼 수 있다면 기꺼이 그렇게 할 텐데. 스스로를 납득시켜 보지 못한 솜씨가 천추의 한이었다.

그 풍경은 시였고, 그 시는 아주 오래전에 묻었던 나의 꿈이었다. 나는 울었고 아픈 목구멍으로 고맙다고 고맙다고 수백 번 중얼거렸다. 눈앞에 나타나 준 꿈이, 풍경이, 시가, 이 순간이, 이 풍경을 볼 수 있는 눈을 준 어머니에게, 조물주에게, 이 세상에 감사하고 또 감사했다.

풍경은 그렇게 시가 되었다.

2017. 12. 비양도

로드 판타지
눈을 맞춘 풍경은 따스하다

초판발행일 2020년 12월 28일

글·사진 시린
펴낸이 박효열

편집 박세라
디자인 책은우주다
제작처 스크린 그래픽

펴낸곳 대숲바람
등록번호 342-91-00751
주소 서울시 서대문구 연대동문길 120 타임힐 102호
전화 02-418-0308
팩스 0504-467-1416

ISBN 978-89-94468-13-6 (02800)

이 책은 제주특별자치도 제주문화예술재단의 문화예술지원사업의 후원을 받아 발간되었습니다.